http://www.bbulmedia.com

http://www.bbulmedia.com

GREAT
그레이트 코리아
KOREA

1판 1쇄 찍음 2015년 5월 21일
1판 1쇄 펴냄 2015년 5월 27일

지은이 | 정사부
펴낸이 | 정 필
펴낸곳 | 도서출판 **뿔미디어**

편집장 | 이재권
기획 · 편집 | 윤영상

출판등록 | 2002년 9월 11일 (제1081-1-132호)
주소 | 경기도 부천시 원미구 소향로 17번길(두성프라자) 303호 (우)420-864
전화 | 032)651-6513 / 팩스 032)651-6094
E-mail | bbulmedia@hanmail.net
홈페이지 | http://bbulmedia.com

값 8,000원

ISBN 979-11-315-6417-2 04810
ISBN 979-11-315-6125-6 04810 (세트)

※파본은 구입하신 서점에서 교환하여 드립니다.

GREAT KOREA

그레이트 코리아

6

뿔미디어

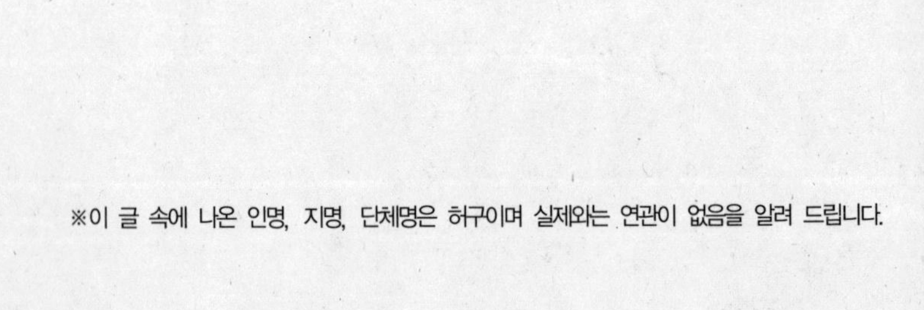

※이 글 속에 나온 인명, 지명, 단체명은 허구이며 실제와는 연관이 없음을 알려 드립니다.

contents

1.
대한민국 차세대 주력전차 선정

일신 컨소시엄 강남 사무실.

일신 중공업과 혼타 자동차 그룹, 미쓰비 중공업이 대한민국의 차세대 주력전차를 개발하기 위해 마련한 총본부다.

그런데 이곳 강남 사무실은 현재 살얼음판처럼 무척이나 긴장감이 흐르고 있었다.

"어떻게 되었습니까?"

일신 중공업 사장이자 일신 컨소시엄의 대표를 맡은 신원민이 회의실에 있는 사람들을 보며 물었다.

하지만 질문을 하면서도 그의 눈빛은 혼탁하게 흐려져 있었다.

경쟁 상대는 획기적인 방법으로 저만치 앞서 가고 있는데, 자신들은 아직까지 문제의 해결책을 마련하지 못한 채 시간을 허비하고 있었다.

더욱이 정보에 의하면 조만간 국방부에서 차기 주력전차 선정을 위해 뛰어든 업체들을 모두 소집을 한다고 하였다.

무척이나 이른 시간이지만 벌써 한 업체에서 육군의 기준에 부합되는 전차가 설계가 되었기에 사업을 빠르게 진행하려는 것이다.

더군다나 얼마 전 북한의 김정운이 은밀하게 중국과 러시아에 들어가 고위급 인사를 만나 신형 무기 도입 협약을 맺었다는 소식이 전해졌다.

그중에는 각종 전쟁물자가 있었는데, 중국이 러시아의 T—72를 개량한 99식 전차도 다수 포함이 되었으며, 공격헬기와 전투기까지 있었다.

뿐만 아니라 러시아에서 대전차 미사일과 전쟁 물자로 쓰일 수 있는 석유를 수입하였다고 알려졌다.

다른 것을 떠나 석유가 북한에 인도가 된다면 한반도에 큰 위기가 닥쳐올 것이다.

북한은 250만이나 되는 군인과, 능력에 부족하다 하나 10배에 달하는 무기를 보유하고 있다.

물론 이 숫자만 보면 대한민국이 무척이나 전력 면에서 밀리는 것 아닌가, 하는 생각이 들 수도 있지만 북한이 보유한 전차는 월남전 이전이나 직후에 개발된 무기들이 대부분이다.

더욱이 그것도 운용한 기름이 없어 방치해 두고 있는데, 만약 러시아에서 석유가 북한에 유입이 된다면 대한민국에 큰 위협이다.

그래서 대한민국은 육군의 전력우위를 점하기 위해 신형 주력전차의 개발을 앞당길 수밖에 없는 입장이다.

서방세계에서는 인정을 하지 않지만 이미 북한은 핵무기를 보유한 핵보유국이다.

그런 상태에서 핵무기를 보조할 수 있는 재래식 무기와 그것을 운용할 수 있는 기름이 보유가 된다면 어떤 도발을 할지 알 수가 없었다.

이미 일신 컨소시엄에도 국방부로부터 공문이 내려온 상태다.

한 달 뒤에 있을 평가전에 일신 컨소시엄이 출품한 전차를 가지고 파주에 있는 ADD화포 시험장에서 평가하겠다는 내용이었다.

이 때문에 신원민 사장의 고민이 이만저만이 아니다.

"우리도 신형 장갑을 개발했습니다."

장갑과 화포 개발을 담당한 미쓰비 중공업의 마쓰모토 켄이 신원민의 질문에 답을 하였다.

그동안 육군이 내건 말도 되지 않는 요구서의 장갑 방어력을 실현하기 위해 얼마나 노력을 하였는가.

궁하면 통한다고 2년이 넘는 시간 동안 세계 각국에서 개발한 각종 전차에 들어가는 특수 세라믹 철판을 조사하고 또 연구를 하였다.

물론 그건 한국이 원하는 신형 주력전차를 개발하기 위한 것도 있지만, 일신 컨소시엄에서 개발하는 전차를 자국 일본 육군이 보유할 신형 전차의 시험기로 생각했기에 예산 절감을 위해 굳이 한국에서 연구를 하였다.

그리고 천하 컨소시엄과 경쟁을 하면서 드디어 신형 세라믹 장갑을 개발할 수 있었다.

하지만 이 신형 세라믹 장갑도 천하 컨소시엄에서 개발한 플라즈마 실드의 방어력에 크게 못 미쳤다.

그렇지만 일단 대한민국 육군이 제시한 요구서의 기준을 넘겼으니 일단은 경쟁에 참여할 수는 있었다.

다만 방어력에서 현격히 차이가 나 자신들이 개발한 전차가 육군에 채택이 될 것인지는 미지수였다.

"하지만 그들이 개발한 그것에는 크게 못 미치고 있습니다."

마쓰모토는 신형 세라믹 장갑을 개발했으면서도 자신 있게 대답을 하지 못했다.

자신들이 아무리 획기적인 것을 개발했다고 해도 상대가 너무도 월등한 것을 가지고 있기에 큰 소리를 치지 못하는 것이다.

"그렇지만 전차는 장갑 방어력만으로 결정하는 것은 아닙니다. 들어온 정보에 의하면 그들이 개발한 전차의 화력이나 엔진 성능에서는 저희보다 못하다고 알려졌습니다."

같은 일본인이라고 기가 죽어 있는 마쓰모토의 모습에 발끈한 오다 이치로가 얼른 끼어들어 말을 하였다.

철저히 비밀로 붙여 개발을 하고 있다고 하지만 이미 천하 그룹 내에 많은 숫자의 스파이들이 침투해 있었다.

너무도 철저히 보안을 유지하고 있어 천하 컨소시엄에서 개발하고 있는 전차의 제원을 확보하지 못했지만, 각지에서 보내오는 정보를 종합해 본 결과 주포의 성능에서는 자신들이 미약하나마 앞서고 있었다.

정확한 화력은 모르겠지만 구경은 그들이나 자신들이나 똑같은 130mm였다.

하지만 길이에서 80㎝정도 차이가 있었다.

44구경을 채택한 자신들과 다르게 천하 컨소시엄에서 개발한 50구경을 채택했다.

정확도와 화력에서 차이가 있었다.

하지만 마쓰모토나 오다는 자신들이 개발한 주포가 천하그룹의 주포보다 못하다고 생각지 않았다.

아니, 일등 국민인 일본에서 개발한 주포가 더 월등하다고 생각하고 있었다.

그리고 엔진 부문은 세계에서 명성이 자자한 혼타에서 만든 것이라 비교가 불가했다.

혼타에서는 2,200마력 디젤엔진을 개발해 일신 컨소시엄이 개발하는 전차에 집어넣었다.

그렇지만 천하그룹에서는 이제 겨우 1,800~2,000마력 디젤엔진을 개발했다.

마력에서 최소 200마력이나 차이를 보이고 있었다.

물론 천하그룹에서 이번에 개발한 플라즈마 실드로 인해 전차의 전체 중량이 자신들이 개발한 전차에 비해 가볍기 때문에 반응 속도가 어떻게 나올지는 모르지만, 어찌 되었든 최소 비슷한 속도를 낼 것이다.

그렇게 된다면 신뢰도에서 그들의 엔진보다는 혼타에서 개발한 엔진을 더욱 쳐 줄 것이니, 이것도 경쟁 회사보단 자신들이 유리하다고 판단을 했다.

다만 장갑 방어력 부분에서 자신들이 밀린다는 것이 문제였다.

"종합적으로 우리가 개발한 도라—호랑이—가 천하 컨소시엄이 개발한 전차보다 우수하다고 볼 수 있습니다. 그러니 로비를 적극적으로 한다면 충분히 우리에게도 승산이 있다고 생각합니다."

오다 이치로는 그렇게 자신들이 개발한 전차에 자부심을 느끼며 결코 자신들이 개발한 전차의 우수성을 떠들어 댔다.

그런데 희한하게 대한민국의 주력전차를 개발하면서 오다 이치로는 프로젝트명인 대호란 명칭 보다는 일본식으로 도라라고 불렀다.

하지만 이런 오다 이치로의 말에도 이 자리에 있는 어느 누구도 뭐라고 하는 이가 없었다.

그도 그럴 것이 컨소시엄의 중추가 일신그룹이 아니라 일본에 적을 두고 있는 혼타와 미쓰비 중공업인 까닭이다.

뿐만 아니라 일신 그룹 역시 그 풍토가 친일 성향의 기업이니 이 자리에 있는 이들도 일본어인 명칭에 거부감이 없었다.

오다 이치로의 말에 회의에 참석하기 전 어두웠던 표정들이 펴지며 신원민은 입가에 미소가 어렸다.

확실히 그의 말처럼 방어력 문제만 빼면 자신들이 꿀릴 이유가 없었다.

오다 이치로의 발언 후에 회의장의 분위기가 밝아졌다.

차체의 장갑 방어력에서 밀린다는 것에 고시하던 마쓰모토 켄도 오다의 말에 고개를 끄덕였다.

전차라는 무기는 방어력도 중요하지만 화력과 기동성도 아주 중요하다.

뿐만 아니라 현대에 들어서면서 전차의 천적인 공격 헬리콥터와 같은 항공 전력에 대한 대응도 중요하게 대두되었다.

그런 소프트웨어 개발에 노하우가 있는 미쓰비 중공업이다 보니 마쓰모토 켄은 그제야 자신의 고민을 훌훌 털어 버릴 수 있었다.

이렇게 오다 이치로의 발언에 힘입어 일신 컨소시엄의 회의장은 밝은 분위기에서 경쟁자인 천하그룹의 전차를 어떻게 상대할 것인지 연일 토론을 하였다.

“앞으로 한 달 뒤 국방부에서 차세대 주력전차를 선정한다고 하니 의견들을 내보시오.”

천하 디펜스의 회의장에서 정명환 회장이 말을 꺼냈다.

그런데 천하 디펜스의 회의장은 일신 컨소시엄의 회의장과 분위기가 무척이나 달랐다.

처음부터 자신감을 내보이며 표정들이 무척이나 밝았다.

“저희가 개발한 백호가 아직 개량할 부분이 남아 있기는 하지만 지금 보이는 성능만으로도 육군이 제시한 요구서의 기준을 넘어섰습니다. 뿐만 아니라 화력이나 기동성에서는 다른 우수한 전차 개발사가 따라올 수는 있다고 생각하지만, 방어력 측면에서는 저희 백호를 그 어느 누구도 따라올 수 없다고 생각합니다. 그러니 이 부문을 적극 홍보하여 차기 주력전차 선발에 우위를 차지할 것입니다.”

정수현 이사는 정명환 회장의 질문에 가장 먼저 대답을 하였다.

개발은 엔진이어들이 담당을 하고, 수주(受注)와 같은 일은 자신과 같은 세일즈맨이 나서야 한다는 취지로 가장 먼저 나서서 의견을 발표한 것이다.

“그러기 위해선 백호의 제원을 자세히 볼 수 있게 제원과 성능 실험에서 얻어진 자료들을 모아 카탈로그를 만들어 국방부와 군 장성 그리고 국방위원들에게 알려야 할 것입니다. 그뿐만 아니라 국방부 출입 기자들에게도 이 카탈로그를 전달해 국민들에게 우리 천하 디펜스에서 만든 순국산 전차의 위력을 알려야 할 것입니다."

정수현은 그냥 국방부가 발표한 시험 평가 일만 기다릴 것이 아니라 적극 홍보를 하는 한편, 기자들에게도 알려 순수 국내 기술로 개발했다는 것을 알리자는 의견을 내놓았다.

확실히 그것은 좋은 생각 같았다.

국방부도 무기 개발에 있어서 국산화에 많은 신경을 쓰고 있었다.

그동안 국방부는 물론이고 정부도 국방 예산을 집행하는 것으로 많은 고민을 가지고 있었다.

국방을 위해 필요한 무기는 많은데, 예산은 한정적이라 정말로 육해공 3군의 예산을 둘러싼 힘겨루기는 이루 말할 수가 없었다.

이번 차세대 주력전차 개발만 해도 그렇다.

무려 10조 원에 해당하는 예산이 집행되는 사업이었다.

10조면 대한민국 국방예산의 1/4에 해당하는 엄청난 금액이다.

물론 한 번에 지급되는 것이 아니라 7년에 걸쳐 분할 집행

하는 것이지만 그렇다고 해도 한해 1조 3천억에 가까운 예산이 집행되는 것이니 작은 사업이 아니다.

그러다 보니 해군이나 공군에서도 불만의 목소리가 안 나올 수가 없었다.

다행이라면 공군에서는 그동안 꾸준히 차세대 신형 전투기 확보를 위해 노력을 하고 있었다. 소득은 별로 없지만 계속해서 정부에서 노력을 하니 크게 불만의 목소리가 나오진 않았다.

하지만 해군은 그렇지 않았다. 대한민국은 삼면이 바다로 둘러싸인 형상을 하고 있다.

그렇기 때문에 해군은 동해, 서해 그리고 남해를 지키는 세 개의 함대를 운용하고, 또 UN의 평화유지군 파병이나 아니면 긴급 상황 발생 시 지원하는 기동함대를 운용 중이다.

함대에는 순양함, 구축함, 호위함 등이 있는데, 대한민국 해군에는 순양함은 없고, 구축함과 호위함으로 구성이 되어 있다.

사실 순양함과 구축함의 구분이 예전과 다르기에 배수량으로 구분을 하는데, 대한민국 해군이 운영하는 군함은 모두 배수량 사천 톤 이상, 만 톤 미만의 군함이다.

이는 구축함에 속함으로 대한민국 해군은 구축함만 있는

것이다.

아무튼 방공구축함인 이지스함 네 척에 이순신급 구축함 여섯 척 광개토대왕급 경구축함 세 척, 호위함으로 울산급과 포항급으로 총 서른한 척이 있다.

사실 이 중 호위함인 프리깃함들은 현대 해군 전력에 그리 도움이 되지 않는다.

그것은 연식이 오래된 것도 있지만 호위함들의 배수량과 무장 상태도 현재 해전에 맞지 않았다.

가까운 일본 해군과 비교를 해 봐도 그렇다.

아니, 일본 해군이 아니라 해안 순시선만 해도 대한민국 해군의 경구축함인 광개토대왕급과 비슷했다.

그러니 대한민국 해군의 전력이 얼마나 부족한지 알 것이다.

그래서 해군은 끊임 없이 노후화 된 해군함정을 교체하기 위해 국방부에 신형 구축함과 호위함을 건조할 것을 요구하였지만, 예산을 문제로 번번이 거절을 당하거나 뒤로 미루어졌다.

다행이라면 이번 육군의 신형전차 개발 사업에는 중국군 동향과 북한의 군 전력 현대화라는 일과 맞물려 넘어가긴 했지만, 아무튼 이런 문제로 무기의 국산화에 많은 심혈을 기울이고 있다.

국산화가 이루어진다면 그만큼 예산을 절감할 수 있기 때문이다.

그동안 대한민국은 첨단무기를 외국에서 들여오는 문제로 많은 예산을 낭비하고 있었다.

물론 예산을 절감하고 싶은 것은 대한민국 정부도 마찬가지다.

그렇지만 일부 부도덕한 담당자들과 외국의 방위산업체 간의 로비와 리베이트로 인해 정당한 가격에 들여오기보다는 엄청난 바가지를 쓰는 경우가 많았다.

이렇게 국민의 세금으로 나라를 지킬 무기를 도입하면서 자신의 사익(私益)을 챙기는 이들로 인해 낭비된 예산만 없었더라면 대한민국 해군이나 공군이 요구한 전력을 절반 이상은 갖출 수 있었을 것이다.

이런 차제에 순수 국산 기술로 나라를 지킬 무기가 개발되었다고 한다면 정부는 물론이고, 국방부와 육군에서도 좋아할 것이다.

물론 일부 위정자들은 자신들에게 돌아올 이익이 없으니 싫어할 수도 있지만 많은 이들이 환영할 것이 분명했다.

더욱이 국민들도 세계 최강의 전차를 국내 기술로 만들어졌다는 사실을 알게 된다면 자긍심까지 높아질 것이다.

특히나 한국인들은 애국심이란 말에 민감하게 반응을 한다.

사실 이 애국심이란 말도 정치인들을 비롯한 대한민국을 이끌어 가는 위정자들의 세뇌에 가까운 교육 때문에 만들어진 것이다.

나라를 위한 희생은 당연한 것이란 식으로 국민을 선동했으니 국민도 이제는 그것이 당연한 것으로 받아들이고 있다.

정수현은 이런 점을 적극 이용해 자신들이 만든 백호가 육군의 차세대 주력전차로 선정되게 하겠다는 이야기다.

"그럼 백호의 수주 가격은 어떻게 할 것인가?"

대략적인 이야기가 끝나고 마지막으로 신형 전차의 대당 가격에 대한 이야기를 꺼냈다.

사실 개발도 중요하지만 이 생산 가격도 채택이 되는 것에 중요한 요인으로 작용한다.

아무리 최고의 성능을 가진 무기를 만들어도 그 무기를 보유하는 데 들어가는 비용이 비싸다면 부담이 될 수밖에 없다.

더욱이 대체할 기종이 있는데 비슷하거나 감당할 수 있는 가격에서 엄청난 차이를 보인다면 당연 대체 기종으로 시선이 돌아가는 것은 당연한 수순이다.

일신 컨소시엄이 천하그룹에 스파이를 심어 놓은 것처럼 천하그룹도 경쟁업체에 스파이를 심어 놓고 있다.

사업이란 이런 것이다. 깨끗하게만 사업을 할 수 있는 것이 아니기 때문이다.

적을 알고 나를 알아야 실패가 없는 것이다.

"예, 백호의 생산비용은 차체에 들어가는 세라믹 장갑+2,000마력 엔진과 파워 팩 개발비+130㎜신형 주포 개발비+플라즈마 실드 발생 장치+…… 총 생산 비용은 78억 6천만 원입니다."

정수현은 정명환의 물음에 백호의 자세한 생산단가와 총비용을 말했다.

"음, 설마 그게 판매 이익을 넣지 않은 순수 생산단가라는 말인가?"

너무도 엄청난 비용에 정명환은 신음을 흘리며 물었다.

"그렇습니다. 사실 이 가격 중 35억은 새롭게 장착한 플라즈마 실드 발생 장치의 비용입니다."

정수현의 보고에 회의장에 있던 사람들의 눈이 커졌다.

설마 그 작은 물건의 가격이 그렇게나 엄청난 가격일 것이라고는 상상하지 못했다.

"그 조그마한 것이……."

웅성웅성.

회의장 여기저기서 사람들의 웅성거리는 소리가 들려왔다.

하지만 이 순간 정명환 회장도 이사들의 웅성거리는 소란을 정리하지 못했다.

그 또한 플라즈마 실드 발생 장치의 가격이 그렇게 높을지 예상하지 못했기 때문이다.

그렇지만 물건의 크기 때문에 비싸다 느끼고 있는 이들 중 단 한 명 그렇게 생각하지 않는 사람이 있었다.

그건 바로 방금 전 보고를 한 정수현이었다.

"잠시만 제 이야기를 더 들어 주십시오."

정수현은 웅성거리는 이사들을 향해 소리쳤다.

각자 옆 사람과 떠들던 이사들은 수현의 큰소리에 그를 돌아보았다.

"플라즈마 실드 발생 장치의 크기를 생각하지 말고 그 물건의 가치를 생각해 보십시오."

정수현의 말을 들은 이사들과 정명환 회장은 잠시 그의 말대로 플라즈마 실드 발생 장치의 가치를 생각해 보았다.

그리고 생각할 것도 없이 이사들과 정명환 회장의 눈이 커졌다.

플라즈마라는 것을 개발하기 위해 그동안 선진국들이 개발비에 투입한 돈이 감히 상상하지 못할 정도로 엄청났던 것이다.

그렇지만 그렇게 많은 예산을 투입하고도 그 실험은 실패로 돌아갔다.

실드를 성공하기는 했지만 안정적으로 실드를 유지하는 데 실패했기 때문에 결론적으로 실용화되지 못했다.

적으로부터 보호를 하기 위해 플라즈마 실드를 개발하였는데, 유지 시간이 겨우 2초 미만이라면 그것을 어떻게 방어무기로 채택을 한단 말인가.

더욱이 플라즈마를 발생시키기 위해 들어가는 장비들의 크기 또한 상당한 크기를 가지고 있어 실제로 전차에 장착하기에는 무리가 있었다.

그 때문에 과학자들은 플라즈마 실드를 전차에 실용화하기 위해선 현대 과학이 100년은 더 발전을 해야 된다는 결론을 내렸다.

거기까지 생각이 미친 정명환 회장과 이사들은 플라즈마 실드 발생 장치가 35억이나 한다는 것에 놀랐던 것보다 더 경악을 하고 말았다.

그렇게 생각하니 너무도 싼 가격이기 때문이다.

막말로 플라즈마 발생 장치는 독점적인 물건이다.

그 말은 부르는 것이 값이라는 말이었다.

"플라즈마 발생 장치의 가격은 35억이지만 그것으로 인해 저희 백호는 독보적인 위치에 오르게 될 것입니다."

정수현은 회의에 참석한 이사들이 어느 정도 자신의 생각과 일치하자 다시 이야기를 꺼냈다.

그러자 이사들도 그런 정수현의 생각에 동조를 하며 고개를 끄덕였다.

비록 가격은 많이 상승했지만 성능 면에서 여타 전차들과 차별되기에 납득했다.

사실 화력이나 기동성으로는 4세대지만 방어력 측면으로 보면 백호는 4.5세대를 넘어 5세대 전차였다.

예전 전문가들은 미래의 무기로 레일건이나 레이저와 같은 광학무기에 대한 예언을 했다.

일부 미래 무기는 실현이 되기도 했는데, 레일건이나 레이저 포 같은 경우 미국에서 실전 단계에 들어서 있다.

다만 국방예산 1,000조 원을 사용하는 미국도 막대한 비용으로 인해 전군에 배치하지 못하고 탄도 미사일을 막는 용도로 몇 대만 배치했을 뿐이다.

그런 상태에서 대한민국이 작지만 플라즈마 실드를 실용화 직전에 있는 것이다.

이는 공격 무기가 아니라 방어 무기이기에 더욱 세간의 주목을 받을 것이 분명했다.

그리고 실제로 미국과 영국, 프랑스, 러시아와 중국 등에서 많은 숫자의 스파이들이 한국에 들어와 정보와 설계도를 빼내기 위해 촉각을 곤두세우고 있었다.

그 때문에 정부에서도 그것의 설계도와 연구원들을 보호하기 위해 특수 경호원들을 배치하겠다는 통보를 했을 정도였다.

"흠, 정수현 이사의 말을 잘 들었는데, 그래도 일신 컨소시엄이 개발하는 것과 가격 경쟁력에서 떨어질 것 같은데 말이지."

정명환 회장은 방금 정수현의 이야기에 이해가 가면서도 걱정이 되었다.

"회장님께서 어떤 것을 염려하시는 것인지 잘 알겠습니다. 그렇지만 저희 백호가 비록 일신 컨소시엄이 개발한 전차에 비해 비쌀지 모르겠지만 성능만큼은 비교 불가이지 않습니까? 육군은 노후화 된 M48 계열 전차와 K—1전차를 교체를 하려고 합니다. 몇 대 더 교체하겠다고 실제 전투가 벌어졌을 때 상당한 전차들이 파괴가 된다면 그건 엄청난 손해입니다."

정수현은 가격대 성능비를 따지며 북한이 운용하거나 중국이나 러시아로부터 도입하려는 전차들의 성능을 따지며 설명을 하였다.

비록 일신 컨소시엄에서 개발하고 있는 전차가 우수한 전차라고 하지만, 백호처럼 플라즈마 실드라는 전혀 새로운 개념의 방어 체계가 아닌, 기존처럼 장갑을 두껍게 하여 적 전차의 포탄을 방어하는 체계이다.

그렇다는 말은 아무리 뛰어난 장갑이라고 해도 다수의 적 전차에 피격이 되면 언젠가는 파괴가 된다는 말과 같았다.

이런 것을 따져 보며 비록 백호가 가격에서 불리하지만 실전 운용을 생각한다면 오히려 더 싸다는 말이었다.

더욱이 한국은 주적인 북한만 생각할 수도 없었다.

북한은 언젠가 대한민국이 수복해야 할 곳이다.

그렇게 되면 대한민국은 세계 최강의 육군 전력을 가지고 있는 러시아와, 그리고 그에 버금가는 어쩌면 능가할지도 모르는 육군전력을 가지고 있는 중국과도 국경을 맞대야 한다.

이런 것을 고려하면 보다 월등한 성능을 가지고 있는 무기를 다수 보유해야만 했다.

이미 이러한 점을 고려해 마케팅을 준비하고 있는 정수현이었기에 아버지이자 천하 디펜스의 회장인 정명환을 설득하는 데 막힘이 없었다.

이렇게 정수현의 설득에 회의장에 있는 사람들은 더욱 뛰어난 성능으로써 육군이 요구하는 차세대 주력전차 선정에 채택이 될 것이란 자신감을 가지기 시작했다.

쾅! 쾅! 쾅!

굴곡이 심한 야지(野地)를 빠르게 달리던 전차는 표적을 발견하고 전차포를 발사하였다.

그런데 표적을 전차포를 발사하면서도 전차는 한 번도 정지를 하지 않고 이동 간 사격을 하였다.

이동 간 사격은 전차포 사격의 꽃이자 가장 어려운 기술이었다.

고속으로 달리며 적 표적에 정확하게 전차포를 사격한다는 것은 무척 힘든 일이다.

하지만 현대 전차전에는 꼭 필요한 기술이기에 전차가 발전을 하면서 포수의 기동 간 사격을 돕기 위해 조준경이나 탄도 계산기 그리고 주포 안정화 장치 등이 발전을 하였으나 그래도 승무원인 포수의 기술이 중요했다.

정확하게 표적에 박히는 포사격에 이것을 지켜보던 참관인들은 자리에서 일어나 기립박수를 하였다.

짝짝짝!

“대단하군!”

“그러게 말입니다.”

2km가 넘는 표적지에 정확하게 명중을 하는 모습은 이들의 가슴을 뜨겁게 하기 충분했다.

물론 오늘 주력전차를 선정하기 위해 각 기업에서 출품한 전차를 시험하기 위해 육군 최고의 전차부대 승무원들이 탑승을 하고 있으니 당연한 것인지 모르겠지만, 너무도 시원스럽게 멀리 있는 표적에 명중을 하고 있으니 이들의 답답한 가슴도 속 시원하게 뚫리는 듯하였다.

“정 장군 전차와 표적의 간격이 얼마라고 했지?”

별 네 개를 달고 있는 장군이 자신의 뒤에 있는 또 다른 장군에게 질문을 하였다.

“예, 가장 멀리 떨어진 3km 표적이고, 차례로 2.5km, 2km입니다.”

정 장군이라 불린 남성이 대답을 하자 주변에 있던 다른 참관인들의 눈이 커졌다.

보통 전차포 사격을 할 때 표적은 1~1.5km 내의 표적지를

향해 하였다.

더욱이 오늘은 완성된 전차의 포사격 시범이 아니라 시험기체의 전차포가 가진 성능을 시험하기 위한 포사격이었다.

그런데 일반 표적에 대한 사격도 아니고 실제 북한이 가진 것으로 알려진 T—72전차에 대한 실물 사격이었다.

대한민국이 러시아의 T—72전차를 가지고 있는 것은 소련과 수교를 하고 차관으로 빌려 주었던 것에 대한 보상이었다. 소련의 군수물자를 들여오는 불곰사업을 진행할 때 북한군 무기를 연구한다는 미명으로 들여와 운영하던 전차를, 노후화의 진행으로 인해 신형 전차 선정을 위한 전차포 시험에 표적으로서 쓰이게 된 것이다.

표적지 사격과 실물사격 중, 누가 뭐라고 해도 실물사격이 더 어렵다.

특히 T계열 전차는 다른 전차들에 비해 피탄 면적이 너무도 적어 정확한 사격이 아니면 초탄에 명중시키기가 무척 어렵다.

그런데 그냥 정지 상태에서 사격도 아니고 기동 간 사격을 한다는 것이 쉽지만은 않았을 것이지만, 수풀에 가려져 잘 보이지도 않는 표적을 정확하게 명중을 시키고 있는 모습에 박수가 절로 나왔다.

"지금 사격한 것이 천하그룹에서 내놓은 것인가?"

"그렇습니다. 조금 뒤 일신 컨소시엄에서 출품한 전차가 기동 간 사격을 할 것입니다."

천하 디펜스에서 출품한 전차의 화력시범을 본 참관인들의 눈이 흥분으로 붉어졌다.

"천하 컨소시엄의 화력시범이 끝났습니다. 여러분 박수를 한번 쳐 주시기 바랍니다. 곧 이어 일신 컨소시엄이 내놓은 전차의 시범이 있겠습니다."

사회를 맡은 사람의 소개가 끝나자 그의 지시에 따라 천하 컨소시엄에서 화력시범을 마친 것에 대한 박수가 끝나자, 뒤이어 나올 일신 컨소시엄의 전차 화력시범을 보기 위해 사람들의 시선이 저 멀리 떨어진 들판을 주시했다.

크르르릉!

조금 전 먼저 시범을 보였던 천하 컨소시엄의 전차보다 더 웅장하고 큰 엔진소음을 내며 달려오는 전차가 나타났다.

쾅! 쾅! 쾅!

나타난 전차도 빠르게 표적에 대한 추적과 함께 사격을 하였다.

그런데 두 번째 전차의 포사격을 지켜보던 몇몇 사람들의 표정이 좋지 못했다.

처음 나온 천하 컨소시엄의 전차와 미세하게 차이가 있었기 때문이다.

미세한 차이기는 했지만 그 내용을 살펴보면 결코 미세하다고만 할 수 없는 일이었다.

처음 시범을 보인 천하 컨소시엄의 전차는 멀리 떨어진 표적에 정확하게 명중을 시켰던 것에 비해, 두 번째 나온 일신 컨소시엄의 전차는 가장 멀리 떨어진 3㎞의 표적과 2.5㎞의 표적을 놓쳤기 때문이다.

물론 현대 전차전 교범에 나온 최장거리인 2㎞의 표적에 정확히 명중을 시키긴 하였지만, 천하 컨소시엄의 전차가 보였던 장거리 포사격의 정밀함을 목격한 뒤라 그런지 너무도 차이가 확연히 보였다.

더욱이 웅장한 굉음을 울리며 나타났던 그 육중함에 비해 포사격의 기대에 미치지 못한 모습에 그 실망감은 더욱 배가 되었다.

특히 군 관계자들의 실망감은 더했다.

전차란 것은 어찌 되었든 전쟁 무기.

그런 무기가 정확도가 떨어진다는 것은 문제가 있었다.

물론 일신 컨소시엄에서 나온 전차가 문제가 있는 것은 아니다.

아까 전에도 말했다시피 현대 전차의 교전 거리의 최장거리 2km.

그것을 따져 보면 일신 컨소시엄에서 선보인 전차의 성능이 아주 나쁜 것은 아니다.

최장거리인 2km 밖에서 정확하게 표적을 명중시켰기 때문이다.

그렇지만 앞에 선보인 시번 때문인지 기준이 너무 올라가 버렸다.

차라리 일신 컨소시엄의 전차가 먼저 시범을 보였다면 이렇게까지 실망하지는 않았을 것이지만, 이 일은 일신 컨소시엄으로서 참으로 뼈아픈 실책이 되었다.

"일신 컨소시험에서 내놓은 전차의 기동 간 사격을 보았습니다. 잠시 뒤 두 전차의 기동시범이 있겠습니다."

아무튼 사회자의 멘트와 함께 화력시범은 결과가 극명하게 갈리며 끝났다.

10분간 휴식 시간이 주어지고 기동 간 화력시범을 보였던 두 전차가 참관인들이 있는 단상 가까이 준비된 트랙에 도착을 하였다.

단상 앞에 있는 트랙에는 각종 장애물과 웅덩이 등 전차기동을 방해하는 것들이 놓여 있었다.

뿐만 아니라 높낮이가 다른 지형도 갖춰져 있어 전차의 등판 능력까지 실험을 할 수 있게 설계가 되어 있어 전차의 차체 설계의 한계를 볼 수 있었다.

쿠르르릉!

웅장한 엔진 음을 울리며 전차가 빠르게 트랙을 달렸다.

1㎞ 구간의 직선거리를 빠르게 달렸다.

최고속도를 측정하는 직선구간을 빠르게 달린 전차는 곳 나타난 장애물 구간도 부드러운 코너웍(Corner Work)을 선보이며 장애물을 통과하였다.

촤아! 쿵, 쿠르르.

장애물을 통과하자 물웅덩이가 나타나고, 그 또한 물보라를 일으키며 빠르게 통과를 하였다.

언덕이 나오면 빠르게 달려가 점프를 하듯 착지하며 내려왔다.

단상 앞을 빠르게 통과하는 전차의 모습을 지켜보던 참관인들은 일제히 자리에서 일어나 박수를 쳤다.

직선 구간과 장애물 구간, 언덕과 웅덩이 등 각종 장애물을 통과하고 단상 앞을 지나가는 전차의 육중한 그 무게감은 사람들을 감동시켰다.

조금 전 실망시켰던 그 전차가 맞는지 싶을 정도로 기동

시범은 오늘 주력전차 선정을 위해 참관하는 모든 사람들을 감동시켰다.

대한민국은 K—2흑표를 개발한 후 최고의 전차를 개발했다고 전 세계에 자랑을 했었다.

하지만 각종 시범을 보일 흑표는 잡음을 내며 실망을 안겨주었다.

전차의 심장이라 할 수 있는 파워 팩의 성능 미달과, 전차의 생존 능력을 향상시킬 하드 킬의 미구현 등은 군 관련자들은 물론이고, 세계 최강의 전차를 보유했다는 자부심을 가졌던 국민들의 자부심에 금 가게 만들었다.

그런데 지금은 그 모든 것을 날려 버릴 정도로 대단한 성능을 보이고 있다.

지금 선보이고 있는 전차는 이전 흑표가 안고 있던 파워 팩의 문제도 보이지 않았다.

마치 경주용 자동차가 트렉을 돌듯 너무도 자연스럽고 부드럽게 장애물을 통과하는 모습을 보며 가슴이 먹먹해져, 자신도 모르게 자리에서 일어나 단상 앞을 지나가는 전차의 모습에 환호했다.

"일신 컨소시엄의 시범이 끝났습니다. 다음은 천하그룹의 시범이 있겠습니다."

일신 컨소시엄의 전차가 기동 시범을 끝내자 사회자가 다시 다음 차례인 천하그룹의 전차가 시범을 보인다는 소개를 하였다.

쿠르르!

조금 전 먼저 시범을 보인 일신 컨소시엄의 전차 보다 작은 엔진음이 들려왔다.

두 전차의 엔진 음을 비교하면 너무도 차이가 났다.

대형 트럭과 중형 승용차 엔진소리만큼이나 차이가 날 것 같은 차이가 보였다.

참으로 비교가 되는 소음의 크기다.

조금 전 일신 컨소시엄의 전차에 비해 조용한 등장이지만, 천하 컨소시엄의 전차는 빠르게 직선구간을 통과했다.

마치 경주용 자동차처럼 빠르게 직선구간을 통과한 전차는 장애물 구간 역시 빠르게 통과해 나갔다. 물웅덩이도 통과, 언덕을 날듯 넘었다.

육중한 전차 중량을 무시하며 달리는 천하그룹의 전차는 일신 컨소시엄의 전차가 보였던 놀라운 기동성을 능가하는 모습을 선보이며 참관인의 눈앞을 지나쳤다.

그런 천하 컨소시엄의 전차의 모습에 참관인들은 너무 놀라 반응을 하지 못했다.

분명 조금 전 지나간 천하그룹의 전차 중량은 70톤이 넘는다고 알고 있다.

흑표보다 15톤이나 무거운 중(重)전차.

그런데 조금 전 보인 기동성은 그동안 이들이 생각하던 전차의 상식을 뛰어넘는 것이었다.

너무 놀란 나머지 아무도 천하 컨소시엄의 기동시범이 끝났음에도 일신 컨소시엄 전차에 보내던 반응과 다르게 아무도 반응을 하지 않았다.

"두 기업의 기동시범이 끝났습니다. 조금 뒤 마지막으로 장갑 방어력 시범이 있겠습니다. 시범이 준비될 동안 잠시 휴식시간을 갖겠습니다."

사회자가 다음 시범을 준비되는 동안 휴식시간을 선언하자, 조금 전 전차들의 기동 시범을 본 참관인들은 천하 컨소시엄의 전차가 선보인 기동시범에 대한 이야기로 소란스러웠다.

"정 장군, 방금 두 번째로 선보인 것이 천하 디펜스에서 만든 전차인가?"

질문을 하는 장군은 조금 전부터 천하 컨소시엄을 자꾸 천하 디펜스라 부르고 있었다.

그도 그럴 것이 천하 컨소시엄으로 전차를 개발했지만 일

신 컨소시엄처럼 동등한 지분율을 가지고 형성한 것이 아닌, 천하 디펜스가 주축이 되어 자사가 생산하지 않는 부분만 컨소시엄을 형성해 참여하다 보니, 많은 장성들은 천하 컨소시엄이라 부르기보단 그냥 부르기 편하게 천하 디펜스라 부르는 것이다.

하긴 사업 주체가 천하 디펜스이니 그렇게 불러도 상관은 없었다.

아무튼 조금 전 찬하 컨소시엄에서 내놓은 전차의 기동성에 대하여 장군들은 경악을 금치 못했다.

70톤이 넘어가는 전차가 마치 경(輕)전차처럼 엄청난 기동성을 보인 것에 경악을 금치 못했다.

"이게 어떻게 된 일인가?"

천하 컨소시엄에서 만든 전차의 기동성과 자신들이 만든 전차의 기동성에서 엄청난 차이를 보인 것에 대하여 물어보는 것이다.

마쓰모토는 엔진을 담당하는 혼타의 오다 이치로에게 물었다.

시범을 보이기 전까지만 해도 자신들이 개발한 도라의 엔진 성능을 자신하고 있던 이들은 천하 컨소시엄의 전차가 선보인 기동성을 보며 그렇게 떠들었다.

"아무래도 그들이 우리가 개발한 엔진 못지않은 강력한 엔진을 개발한 듯합니다."

마쓰모토 켄의 질문에 오다 이치로는 침중한 표정으로 그렇게 대답을 하였다.

비록 동급의 책임 연구원이지만 차체를 담당하는 마쓰모토가 조금 더 직급이 높았다.

사실 일신 컨소시엄이 외형적으로 일신그룹, 일신 중공업이 주축으로 형성된 컨소시엄이긴 하지만, 내부적으로는 일본의 미쓰비 중공업과 혼타가 핵심이었다.

일신 그룹은 그저 대외적인 얼굴마담 격으로 내세웠을 뿐, 전차를 개발하는 데 그리 힘을 쓰지 못했다.

모든 것은 미쓰비 중공업과 혼타가 주도했던 것이다.

이렇게 일신 컨소시엄 관계자 두 사람이 작은 소리로 떠들고 있을 때 주력전차 선정을 위한 성능 시범에 참관한 천하 컨소시엄 관계자들의 표정은 무척이나 밝았다.

아직 방어력 테스트가 남아 있지만 천하 컨소시엄의 관계자 그 누구도 그것을 걱정하는 이는 아무도 없었다.

플라즈마 실드 발생기라는 획기적인 방어 시스템을 가지고 있으니 걱정할 필요가 없었다.

사실 천하 컨소시엄 관계자들은 조금 전 기동시험을 가장 걱정을 했다.

경쟁자인 일신 컨소시엄에 혼타 자동차 그룹이 참여하고 있다는 정보를 가지고 있었기 때문이다.

누가 뭐라고 해도 독일 벤즈사와 더불어 최고의 엔진을 설계하는 기업이 바로 혼타가 아닌가. 그랬기에 천하 컨소시엄 관계자들은 솔직히 기동성 시범에서 일신 컨소시엄에 밀릴 것으로 예상을 하였다.

그런데 막상 뚜껑을 열고 보니 그렇지도 않았다.

분명 자신들이 입수한 정보에 의하면 일신 컨소시엄의 전차 엔진 성능이 자신들이 개발한 것보다 100마력이나 높은 것으로 알려졌다.

그래서 걱정을 했는데, 막상 비교를 하니 현실은 정반대였던 것이다.

자신들보다 뛰어날 것으로 예상하던 경쟁자가 뛰어난 성능을 보이지 못했다.

"예상보다 저들의 전차는 못하군?"

정대한 회장은 입가에 미소를 머금고 그렇게 말을 하였다.

"아무래도 저희가 예상한 것보다 저들의 전차가 상당히 무거운 것 같습니다."

정대한 회장의 말에 이번 차세대 주력전차 개발을 주도한 정명환 회장이 그의 말을 받아 대답을 하였다.

"저희는 수한이 개발한 플라즈마 실드 발생 장치로 인해 장갑의 두께를 더 올리지 않아도 되었지만, 저들은 그렇지 못하니 애초에 요구한 방어력을 갖추기 위해선 장갑의 두께를 두껍게 할 수 밖에 없었을 것입니다."

정명환은 차분하게 자신이 생각하는 일신 컨소시엄의 전차가 가진 문제점을 설명하였다.

확실히 방위산업을 담당하다보니 정명환 회장의 식견이 정확했다.

일신 컨소시엄은 전차의 장갑 방어력을 높이기 위해 신형 세라믹 장갑을 개발하는 것은 물론이고, 140㎜전차포에 견딜 수 있는 장갑 방어력을 위해 장갑의 두께를 늘릴 수밖에 없었다.

아무리 신형 세라믹 장갑이 기존의 세라믹 장갑보다 향상되었다고 하지만 그 차이는 5% 내외였다.

그러다 보니 장갑 방어력을 위해 차체설계는 물론이고, 장갑의 두께도 늘어날 수밖에 없었다.

더욱이 일신 컨소시엄의 전차는 천하 컨소시엄의 전차와 다르게 유인포탑을 채택하였다.

그러다 보니 전차의 중량은 더욱 늘어날 수밖에 없었다.

그렇게 늘어난 중량으로 인해 비록 천하 컨소시엄의 전차보다 100마력이나 높은 2,200마력의 엔진을 가지고 있지만 기동성 면에서 천하 컨소시엄의 전차에 밀릴 수밖에 없었다.

이렇게 불안하게 생각하던 기동성에서도 경쟁자보다 우수하다는 생각이 들자 천하 컨소시엄 관계자들의 표정이 무척이나 밝았다. 그 때문인지 군 관계자들도 천하 컨소시엄 관계자를 붙들고 말을 걸며 전차의 성능에 관해 이야기하였다.

우수한 전차를 개발하고도 상대적으로 밀리는 일신 컨소시엄 관계자들의 표정이 좋지 못했다.

"준비가 끝났다고 합니다. 이제 오늘 시범의 마지막인 전차의 장갑 방어력 시험이 있겠습니다."

장내가 조금 전 기동시험에 관한 이야기로 시끄러울 때 오늘 마지막 시험인 전차의 장갑 방어력 시험 준비가 끝났음을 알려 왔다.

그러자 언제 떠들었냐는 듯 장내는 조용해졌다.

이미 이 자리에 참석한 참관인들도 천하 컨소시엄에서 개발한 전차에 플라즈마 실드라는 미래의 방어무기가 장착되었다는 정보를 들었다.

그래서 그런지 자신들의 눈으로 그것을 확인하기 위해 눈도 깜박이지 않고 저 멀리 준비된 전차들을 지켜보았다.

저 멀리 단상과 3㎞ 정도 떨어진 먼 거리에는 원형의 표시 안에 전차가 들어가 있는 모습이 가물가물 보였다.

마치 포사격 표적지마냥 지상에 흰색으로 동그라미가 그려져 있고, 안에 전차가 한 대씩 자리했다.

두 전차는 500m 간격을 두고 떨어져 있는데, 각각 어떤 기업에서 생산했는지 비교하기 위해 구분을 하였다.

그 때문인지 참관인들은 유독 한쪽 전차에 시선을 집중했다.

그건 일신 컨소시엄의 마쓰모토 켄이나 오다 이치로도 마찬가지였다.

말로만 들은 플라즈마 실드를 진실인지 자신들의 눈으로 확인을 하고 싶었기 때문이다.

그래서 그런지 단상 안에는 묘한 긴장감이 감돌았다.

그렇지만 유일하게 그렇지 않은 곳도 있었는데, 그곳은 천하 컨소시엄의 관계자들이 자리한 곳이었다.

자신들이 만든 전차의 방어력에 전혀 의심을 하지 않고 있기에 천하 컨소시엄의 대표인 정명환이나 천하그룹 총회장인 정대한은 물론, 이번 전차개발에 참여를 했던 연구원들과 사업 추진에 일조한 천하 디펜스 이사들까지 모두 느긋한 표정으로 조금 뒤 쏟아질 칭찬을 기다리며 방어력 테스트를 지켜보고 있었다.

"방어력 테스트를 위해 대한민국 육군 주력전차인 K—2 흑표가 준비되었습니다. 흑표의 사격이 있고, 또 다른 대전차 무기인 휴대용 대전차 미사일에 대한 테스트도 계속해서 진행이 될 것입니다. 대전차 미사일로는 러시아의 9M123 대전차 미사일과 천하 디펜스에서 개발한 게이볼그가 사용될 것입니다."

사회자는 방어력 테스트를 위해 전차로는 대한민국이 자랑하는 55구경 120㎜활강포를 장착한 K—2흑표가 나섰고, 또 대전차 미사일에 대한 시험으로는 중국이나 북한이 보유했을 것이라 예상되는 러시아 최신 대전차 미사일인 9M123 흐르잔떼마를 언급했다.

흐르잔떼마는 나토명으로 AT—15 스프링거(Springer)라 불리며 세상에 나온 대전차 미사일 중 최고에 속하는 무기 중 하나이다.

또 이를 능가하는 대한민국의 명품 대전차 무기인 게이볼그의 명성 역시 이 자리에 있는 사람들도 모두 알고 있다.

그렇기 때문에 참관인들은 더욱 눈을 반짝이며 전방을 주시했다.

“먼저 전차포에 대한 테스트가 있겠습니다. 육군의 차세대 주력전차의 방어력 요구에 맞게 설계가 되었는지 알기 위해 1km에서 흑표의 사격이 있겠습니다.”

사회자의 말에 참관인들의 표정이 바뀌었다.

세계 최강 전차로 명성을 날리던 흑표가 1km에서 표적 사격을 한다는 말에 눈이 커진 것이다.

비록 T—95라는 괴물 때문에 최강의 자리에서 밀려나기는 했지만 그렇다고 해서 흑표의 주포가 약한 게 아니다.

레오파드 2A7이나 에이브람스 M1A3과 비교해 화력은 동등했기 때문이다.

그런데 그런 전차가 1.5km도 아니고, 1km 떨어진 거리에서 사격을 한다는 것에 놀란 것이다.

그 거리라면 최강의 방어력으로 알려진 레오파드나 에이브람스 전차라도 버티지 못하고 파괴될 것이 분명했다.

사회자의 설명이 무섭게 흑표에서 전차포가 발사가 되었다.

쾅!

흑표에서 발사된 포탄은 붉은 섬광을 내며 목표에 명중이 되었다.

너무 멀리 떨어져 있어서 그런지 명중이 되었지만 큰 소리

는 들리지 않았다.

흑표는 첫 표적에 전차포를 발사하고 연이어 두 번째 표적에도 전차포를 발사하였다.

그런데 첫 번째 표적과 다르게 두 번째 표적에 날아간 포탄은 충돌음이 처음과 달랐다.

뿐만 아니라 표적에 명중한 첫 번째 포탄과 다르게 두 번째 날린 포탄은 튕겨 나 뒤쪽 산등성이에 떨어졌다.

일명 도비탄(跳飛彈)이란 것으로, 발사된 총알이나 포탄이 단단한 바위나 물체에 부딪혀 튀는 것을 말한다.

흑표는 그 뒤로 두 번씩 더 사격을 하고 사격을 끝냈다.

흑표의 사격이 끝나고 이번에는 대전차 미사일 사격이 있었다.

그렇지만 대전차 미사일은 전차포탄과 다르게 무척이나 비싼 물건이다.

그러다 보니 흑표처럼 많은 발사를 하지 않고 각각 일 기씩만 발사를 하였다.

흐르잔떼마가 먼저 발사되고 다음에는 게이볼그가 발사가 되었다.

표적사격에 의한 장갑 방어력을 테스트 하는 것이라 많은 시간이 걸리지 않았다.

그저 흑표가 표적에 각각 세 발씩 총 여섯 발, 뒤이어 흐르잔떼마와 게이볼그가 각각 한 발씩 총 네 발의 대전차 미사일이 발사된 것뿐이니 그 시간은 금방 지나갔다.

주포의 화력시험과 기동성 시험 그리고 마지막 방어력 시험이 끝나기까지 그리 오랜 시간이 지체되지 않았다.

“이것으로 모든 시험이 끝났습니다. 결과는 평가를 종합한 뒤 대한민국 차세대 주력전차에 대한 발표가 있겠습니다.”

사회자는 식순에 맞게 참관인들에게 오늘 테스트가 모두 끝났음을 알렸다.

그렇지만 이 자리에 있는 사람들의 표정만 봐도 어떤 기종이 대한민국 차세대 주력전차로 채택이 되었는지 알 수 있었다.

2.
수한의 고민

명동. 한때 대한민국의 경제 중심이었던 곳, 하지만 대한민국이 경제성장을 하면서 수도 서울의 모습은 물론이고, 대한민국의 모습이 바뀌었다.

하지만 명동은 시대의 변화에 발맞춰 가지 못하고 뒤처지게 되었다.

그런데 명동이 빠르게 발전하면 서울의 다른 지역과 다르게 뒤처지게 된 이유는 참으로 아이러니 하게도 명동의 너무도 비싼 땅값 때문이었다.

다른 지역의 몇 배에서 몇 십 배나 차이가 나는 땅값으로 인해 빠르게 발전하는 다른 직역에 비해 발전이 늦을 수밖에 없었다.

그렇지만 썩어도 준치라고 했던가. 그래도 명동을 찾는 이들이 있었다.

지리적 여건 때문인지 아니면 전통이란 것 때문인지 많은 기업들이 이곳에 낡은 건물을 허물고 빌딩을 지었다.

비싼 명동 땅에 빌딩을 짓고 사옥을 가지는 것은 그만한 가치를 하였다.

남들에게 자신들의 힘을 나타내는 척도로 명동에 입성하는 기업들이 많았기 때문이다.

물론 모든 대기업들이 그런 것은 아니었다.

몇몇 대기업들은 이런 명동으로 집중되는 대기업들의 사옥 짓기 열기를 비웃기라도 하듯, 다른 지역에 커다란 사옥을 짓고 영향력을 과시했다.

확실히 명동보다 땅값이 싼 지역이라 그런지 같은 예산을 들이고도 더욱 커다란 사옥을 지은 기업들도 있었다.

하지만 그래도 명동에 사옥을 가지고 있는 이들은 어떤 보이지 않는 그들만의 커넥션을 형성하며 세를 과시했다.

그런데 그런 중심에는 일신그룹이 있었다.

와장창!

명동 한복판 일신그룹 회장실에서 요란한 소리가 울리고

있었다.

지상 40층의 고층 빌딩이라 그 소음이 밖으로 울리지는 않았지만, 그래도 회장실 바로 밖에 있는 비서실에는 충분히 들렸다.

그렇지만 어느 누구도 무언가 부셔지는 듯한 소리가 들리는데도 회장실 안으로 들어가 볼 생각을 하지 않았다.

그도 그럴 것이 지금 회장실에는 일신 컨소시엄의 대표가 들어가 있었다.

일신 그룹이 일본의 미쓰비 중공업과 혼타 자동차 그룹에 애원하다시피 해서 만든 컨소시엄이었다.

눈에 가시 같은 천하그룹이 차세대 주력전차 개발에 사활을 걸고 뛰어든다는 정보를 입수하자마자 기회라 생각하고 기술이 뛰어난 두 회사를 끌어들여 컨소시엄을 만들었다.

그 과정에서 많은 손해를 감수하며 사업에 뛰어들었는데, 결과적으로 그 선택이 악수로 작용을 했다.

3년이 흘러 대한민국 차세대 주력전차에 선정이 된 것은 천하그룹에서 개발한 전차가 채택이 되었다.

그 사실은 일신그룹 회장인 신상욱에게는 받아들일 수 없는 일이었다.

최고의 인재만 모았고 또 최고의 협력업체들과 컨소시엄을 형성했다.

더욱이 독일에서 유학한 과학자와 미국의 방위산업체에서 근무하던 이들까지 많은 계약금과 연봉 그리고 스톡옵션을 주고 영입을 하였다.

그 결과 정말로 명품이라 할 정도로 뛰어난 전차를 개발하였다.

독일의 자랑인 레오파드 2A7과 미국의 자존심인 에이브럼스 M1A3전차를 능가하는 고성능 전차를 만들어 냈다.

하지만 결과적으로 경쟁업체인 천하 컨소시엄에 졌다.

말이 천하 컨소시엄이지 엄밀하게 따지면 그냥 천하그룹 산하 천하 디펜스와 몇몇 이름 없는 회사들의 합작품일 뿐이다.

신상욱 회장은 그것이 화가 나는 것이었다.

자신이 경영하는 일신그룹에 한참 미치지 못하는 천하그룹이다.

그들이 형성한 컨소시엄이라고 해 봐야 계열사인 천하 디펜스에 이름 없는 방위산업체 몇 개가 컨소시엄을 형성했다.

객관적인 역량으로 봐서는 감히 자신이 기획한 일신 컨소시엄과는 비교조차 되지 않는 존재였다.

그래서 많은 이들이 시작부터 차세대 주력전차 선정에는

자신들이 개발한 전차가 선정될 것이라 생각했다.

그 때문에 주가도 많이 올랐다. 그렇지만 호재가 있으면 악재도 있는 것이 이치다.

자신들이 선정될 것이라 생각하여 올랐던 주식은 경쟁업체인 천하 컨소시엄에서 개발한 전차가 성능 평가에서 일신 컨소시엄에서 개발한 전차보다 압도적으로 좋았다는 정보가 흘러나오자마자 급반전되었다.

몇 달 전 그런 정보가 나왔을 때까지만 해도 자신들이 개발한 전차와 비교를 하지 못했기에 그저 약간의 반등이 있는 정도였다.

하지만 시험평가가 있은 뒤 증권가 객장의 분위기는 급반등 하였다.

오르던 일신그룹 주식들이 곤두박질 쳤고, 그 반대로 천하그룹의 관련 주식들이 끝을 모르고 상종가를 치고 있었다.

더욱이 어디에서 그런 정보가 흘러나갔는지 모르지만, 천하 컨소시엄에서 개발한 전차에는 미래 신기술이 적용이 되었다는 소문과 함께 플라즈마 실드 기술이란 소문까지 구체적으로 퍼지고 있었다.

"자신 있다고 하지 않았나?"

한참 주변에 있던 물건을 부셔 버리던 신상욱 회장은 어느 정도 화가 가라앉았는지 고개를 돌려 신원민 사장을 보며 물었다.

일신그룹 전략 기획 실장이자 일신 중공업 사장이기도 한 그는 아버지인 신상욱 회장의 명령으로 차세대 주력전차 개발이라는 사업을 떼 내기 위해 일본의 미쓰비 중공업과 혼타 자동차 그룹과 손을 잡고 컨소시엄을 형성했다.

이번 일만 잘 마무리 하면 차기 그룹회장에 안착을 하는 일이었다.

더욱이 두 회사는 세계에서도 알아주는 그 분야의 최고 회사 중 한 곳이었다.

미쓰비 중공업은 일본의 주력전차도 개발했던 경험이 풍부한 회사이고 또 혼타는 말할 것도 없다.

그 때문에 신원민은 느긋하게 사업이 진행되는 것을 지켜보며 일정 조율만 하면 되었다.

그리고 계획은 순조롭게 흘러 개발이 완료되었다.

아니, 세 회사에서 파견된 연구원들을 요소요소 적절히 분배한 때문인지 계획보다 빠르게 개발이 완료가 되었다.

한때 이를 두고 얼마나 칭찬을 들었던가. 그런데 결과는 비참했다.

자신들이 개발한 물건은 최상이었다.

그렇지만 경쟁자가 내놓은 물건은 자신들의 물건과 엄청난 차이를 냈다.

자신들의 최고의 목표는 괴물, 러시아의 T—95였다.

결과적으로 목표를 이루었다. 하지만 같은 괴물을 목표로 했던 경쟁자는 그 목표에 살짝 앞서는 정도가 아니라 한 단계 뛰어넘어 있었다.

그래서 결과적으로 자신들은 경쟁자들에 밀려 버렸다.

만약 경쟁자들이 다른 나라에서 개발을 완료했다면 이렇게까지 대우를 받지 않아도 될 것이었지만, 불운하게도 신원민의 경쟁자는 국내기업이었다.

거기다 그곳에서 개발한 전차는 현 시대에서는 불가능이라 알려진 기술을 실현시켰다.

그건 신원민 자신의 잘못이 아니었다.

그런데도 지금 그룹 회장이자 아버지가 자신에게 역정을 부리고 있었다.

신원민의 이마에는 신상욱 회장이 던진 물건에 맞았는지 찢어져 피가 흐르고 있었다.

하지만 이마에 흐르는 피를 닦을 새도 없이 자신을 닦달하는 아버지로 인해 신원민의 표정이 구겨졌다.

더군다나 지금 물어 오는 문제는 그로서 해결할 능력이 없는 일이었다.

아니 자신뿐 아니라 그룹 회장인 신상욱 또한 해결할 수 없는 문제이리라.

그저 사업 실패로 인해 화풀이 상대가 필요했기에 신상욱 회장은 프로젝트를 진행했던 자신의 큰아들에게 화풀이를 하는 중이다.

이러한 사정을 알기에 신원민은 그저 그의 아버지가 뭐라고 하던 참고 입을 다물 뿐이었다.

이 또한 신상욱 회장에게는 마음에 들지 않았다.

“어떻게 하든 문제를 해결해! 나가 봐!”

결국 이것이었다.

어느 정도 화가 풀린 신상욱 회장은 만회하라는 소리를 하였다.

그렇지만 경쟁에서 압도적으로 밀린 자신들이 만회를 할 방법은 없었다.

아니, 딱 한 가지 있기는 하다. 그렇지만 그건 불가능한 일이었다.

경쟁자의 압도적인 무기인 플라즈마 실드 발생 장치를 자신들도 만들어 내거나 아니면 그것을 구입해 자신들이 개발한 전차에 옵션으로 넣어야만 했다.

그런데 경쟁업체에서 자신들에게 그것을 넘겨줄 아무런 이유가 없었다.

그렇다고 플라즈마 실드 발생 장치란 것을 개발할 능력도 현재 가지고 있지 못하다.

그 말은 이 상황을 만회할 그 어떤 것도 없다는 말이었다.

신원민은 왜 자신에게 이런 시련이 닥치는 것인지 알 수가 없었다.

그렇다고 부쩍 다가온 일신그룹 후계자 자리를 포기하기도 싫었다.

분명 자신의 실패를 누군가 기뻐하고 있을 것을 잘 알고 있는 신원민의 눈빛이 차가워졌다.

"고생했어! 고생했어!"

천하그룹 총회장인 정대한은 천하 디펜스를 찾아 이번 차세대 주력전차 개발 프로젝트에 참여한 모든 사람들을 일일이 격려하였다.

사실 육군의 요구 사항이 너무도 과도해 프로젝트가 실패할 수도 있다는 생각을 했었다.

그렇기에 정대한은 연구가 진척이 없어도 아무런 내색을 하지 않고 일부러 프로젝트 진행사항에 대한 보고도 생략했다.

진척이 있으면 보고를 할 것이라 생각하고 일부러 모든 일정을 그룹이 관여하지 않은 채 천하 디펜스 회장인 자신의 차남에게 맡겼다.

믿고 맡겼으면 끝까지 믿어 줘야 한다는 생각에 묻지도 않았다.

그런데 이렇게 성공적으로 프로젝트를 마무리했으니 칭찬을 하지 않을 수가 없었다.

더욱이 국내뿐 아니라 외국에서도 많은 문의가 들어오고 있었다.

하지만 플라즈마 실드 발생 장치는 군에서 외국에 판매할 수 없게 제동을 걸었다.

정대한 회장도 그런 국방부의 조치에 고개를 끄덕였다.

그가 생각해도 플라즈마 발생 장치는 너무도 위험천만한 물건이었다.

군 전략에 많은 변화를 일으킬 것이 분명한 이 장치가 만약 적성국에 들어가게 된다면 대한민국에 큰 위기를 초래할 수 있기 때문이다.

물론 그렇다고 천하 컨소시엄에서 개발한 전차의 수출길이 막힌 것은 아니었다.

국방부와 잘 협약을 한다면 충분히 수출할 길이 있었다.

아마도 수출을 하게 된다면 플라즈마 실드 발생 장치는 설치되지 않은 상태일 것이다.

그렇게 된다면 현재와는 많이 다르겠지만, 그렇다고 해서 전차의 성능이 떨어지는 것은 아니니 충분히 수출해도 그리 불만이 나오지는 않을 것이라 생각했다.

대한민국은 현재 주변을 둘러싼 국가 중 아주 위협적인 존재가 있기 때문에 그런 강력한 요구 조건을 제시한 것이다.

하지만 다른 나라는 다르다.

대한민국 육군이 최대의 위협을 주는 존재를 러시아의 T—95로 설정을 하고, 그에 대응하기 위한 전차를 개발하려 한 배경에는 주변 지정학적 위치 때문이다.

대한민국의 북쪽에는 같은 민족이지만 적대하는 북한이 있다.

그리고 그 뒤에 북한과 군사동맹을 체결하고 또 기회만 있다면 북한을 편입하려는 중국이 있다.

사실상 육군이 우려하는 것은 주적인 북한이 아니라 이곳 중국이었다.

자신들의 이익을 위해서라면 어떤 파렴치한 일도 서슴지 않는 나라가 바로 중국이다.

돈이 된다는 이유로 음식 재료로 폐기 처분해야 할 폐자재를 사용하는가 하면 독극물을 넣는 것도 서슴지 않았다.

뿐만 아니라 국제 관계를 위해 불법 복제나 해킹 등 범죄에 관해 엄중히 단속을 해야 함에도 중국 정부는 그렇게 하지 않았다.

아니, 어떤 부분에는 기술 습득이라는 차원에 장려하기까지 하였다.

러시아 정부는 부인하지만 중국 정부에 넘어간 군사 기술은 상당할 것이다.

그리고 그중에는 육군이 우려하는 T—95의 연구 자료나 설계도도 분명 있을 것이 분명했다.

러시아의 군사 기술을 중국은 너무도 많이 불법 복제하여 사용하고 있기에 육군은 차세대 주력전차를 개발하면서도 T—95라는 무지막지한 괴물과 대결을 상정해 그에 합당한 성능을 요구하였다.

그렇지만 다른 나라들은 굳이 러시아나 중국과 전쟁을 할 것을 상정하지 않는다면 굳이 플라즈마 실드가 적용된 전차를 도입하려고 하지 않아도 된다.

천하 컨소시엄에서 개발한 전차의 성능이 플라즈마 실드가 없다고 해도 T—95와 대결을 하지 못할 것도 없기 때문이다.

아니, 차체 방어력은 사실 T—95보다 우수하니 정상 교전 거리만 유지한다면 충분히 플라즈마 실드가 없더라도 교전이 가능했고, 우위를 점할 수도 있었다.

그만큼 천하 컨소시엄에서 개발한 전차포의 성능이 T—95보다 우수해, 보다 먼 거리에서 정확한 사격을 할 수 있기 때문이다.

사실 러시아의 전차는 주포의 구경에 비해 화력이 약한 것도 문제지만, 조준경 또한 문제가 많았다.

물론 T—80U 이후부터 많이 개량이 되고 개선이 되어 많이 좋아졌다고 하지만, 그래도 서방세계의 포수 조준경에서 성능이 차이가 나기 때문이다.

독일이나 미국에서 전차 교전 거리를 2㎞로 조정한 이유는 다른 것이 아니다.

바로 러시아의 T계열 전차의 포수 조준경의 성능을 감안하여 안전한 교전 거리를 확보하기 위해 2㎞를 상정한 것이다.

아무리 화력이 좋은 주포라 해도 맞지 않으면 소용이 없다.

그런데 T계열 전차의 조준경의 성능이 열악해 충분히 적 전차를 파괴할 수 있는 거리지만 2㎞ 이상 떨어지면 명중률이 떨어졌다.

그렇지만 레오파드 2A7이나 에이브럼스 M1A3전차의 경우 화력에선 T—95보단 떨어질지 모르지만 2㎞에서도 충분히 T—95의 차체를 관통할 수 있다.

더욱이 T—95는 화력은 뛰어날지 모르지만 엔진 성능이 떨어지다 보니 장갑 방어력이 많이 향상이 되었다고 하지만, 그만큼 인해 무게가 늘어나게 되었다.

그 때문에 전차의 속도는 다른 T계열 전차보다 떨어지게 되었다.

그 말은 레오파드나 에이브럼스 전차가 정밀 조준할 시간을 주게 되었다.

뛰어난 원거리 사격 능력을 가진 레오파드나 에이브럼스인데 조금 떨어지는 화력이지만 충분히 T—95의 차체를 파괴할 능력은 있었다.

독일이나 미국은 러시아의 T—95가 위협이 되기는 하지만, 그것을 막을 방법이 있으니 더 이상 강력한 전차를 개발할 필요성을 느끼지 못하는 것인지도 모르겠다.

과거 강력한 전차를 막는 방법이 알려졌는데, 보다 뛰어난 화력과 기동성, 그리고 원거리에서의 정확한 사격을 할 수 있는 조준경까지 갖춘 전차를, 플라즈마 실드 발생 장치가 없다고 구입하지 않을 나라가 어디 있겠는가.

더욱이 레오파드 2A7이나 에이브럼스 M1A3보다 가격면에서 비슷하거나 조금 더 싼 가격인 천하 컨소시엄의 전차를 두고 어떤 전차를 구입하겠는가.

이런 이유로 정대한 회장은 무척이나 기분이 좋았다.

더욱이 언젠간 한 방 먹여 주려고 작정을 하고 있었는데, 일신그룹에서 알아서 얼굴을 들이밀고 카운터를 맞고 떨어졌으니 이 얼마나 시원한지 모를 지경이었다.

사실 정대한 회장은 대한민국의 차세대 주력전차로 자신의 회사에서 개발한 전차가 선정이 된 것도 기쁘지만 그것이 더욱 기뻤다.

더군다나 너무도 압도적인 성능 차이를 보여 일신그룹의 장기인 로비도 통하지 않는다는 것이었다.

만약 플라즈마 실드 발생 장치가 아니었다면 어쩌면 차세대 주력전차 사업은 자신들이 아닌 일신그룹으로 넘어갔을 것이 분명했다.

일신그룹의 로비 능력을 천하그룹으로서는 만회할 수 없기 때문이다.

이렇게 정대한 회장이 격려하며 좋은 분위기에 반해 한곳에서 홀로 인상을 구기는 사람이 있었다.

그 사람은 바로 수한이었다.

플라자마 실드 발생 장치를 개발해 이번 차세대 주력전차 선정에 일등공신인 그의 표정이 별로 좋지 못했다.

'제길, 생각지도 않은 곳에서 문제가 발생했네…….'

그렇다, 수한은 자신이 개발한 플라즈마 실드 발생 장치로 인해 생각지도 않은 문제를 발견해 냈다.

한참 좋은 분위기에 초를 칠 생각이 없기에 조용히 있는 중이지만 이건 무척이나 중요한 문제였다.

수한이 발견해 낸 문제점은 바로 플라즈마 실드를 켤 경우 적의 공격을 막아 내는 것은 물론이고 이쪽에서도 공격을 하지 못한다는 것이었다.

플라즈마 실드란 것이 적의 공격을 방어해 주는 막을 형성해 주지만, 자신 역시 적을 발견하고도 실드로 인해 공격을 하지 못했다.

적을 막을 최고의 방패를 가지고 있지만, 그 방패로 인해 적을 무찌를 창을 휘두르지 못하는 경우다.

이 문제를 해결하지 않는 이상 자신들이 개발한 전차는 완벽한 무기가 아니었다.

물론 지금도 충분히 위협적으로 작용할 수 있는 무기이기는 하다. 하나 승무원의 생존을 위해 전투 내내 공격도 않고 플라즈마 실드만 켜 놓고 있을 수는 없는 것 아닌가.

그 때문에 수한의 고민은 계속되었다.

한참 연구원들을 격려하던 정대한 회장은 쭉 한 명, 한 명 연구원들을 뒤로하고 자신의 손자인 수한의 곁으로 다가왔다.

"그동안 고생 많았다."

"아닙니다."

자신을 격려하는 할아버지의 모습에 별것 아니라는 듯 가볍게 말은 하였지만, 오래 묵은 생강처럼 인생의 반 이상을 사업에 전념한 정대한의 눈에 수한의 반응이 눈에 들어왔다.

'뭔가 고민이 있는 것 같군?'

정대한은 수한이 뭔가 고민이 있음을 금방 알 수 있었다.

"무슨 문제라도 있느냐?"

좋은 분위기를 망칠 수 없었던 정대한은 조용한 목소리로 수한에게 물었다.

그런 정대한의 질문에 수한은 잠시 망설였다.

정말로 모두 축하하는 분위기에 초를 칠 수도 있는 문제였지만, 이 자리에서 짚고 넘어가지 않을 수 없는 문제였기 때문이다.

"그게 백호에 조금 문제가 있습니다."

정대한은 웃는 낯으로 수한에게 질문을 하였는데, 생각지도 못한 말을 듣게 되었다.

자신이 생각하기에 현존하는 그 어느 전차도 자신들이 개발한 백호에 따라오지 못한다고 생각했다.

그런데 핵심 개발자인 수한이 문제가 있다는 소리에 깜짝 놀란 것이다.

그리고 주변에 있던 연구원들도 수한의 말을 듣고 눈을 크게 떴다.

자신들이 연구한 결과 백호에서는 어떤 문제도 발견되지 않았다.

그런데 핵심 개발자가 문제점이 있다고 말을 하니 깜짝 놀란 것이다.

"어떤 문제가 있다는 말이냐?"

정대한 회장은 얼른 질문을 하였다.

가장 완벽한 전차라 생각했던 백호에 문제가 있다는 말은 잘못하면 이번 차세대 주력전차 선발이 뒤집혀질 수도 있는 문제였기 때문이다.

"그게, 플라즈마 실드 발생 장치를 가동 중에는 적을 공격할 수 없습니다."

"응?"

수한이 백호의 문제점을 이야기 했지만 정대한 회장을 비롯한 자리에 있는 사람들은 모두 그의 말을 이해할 수가 없었다.

"그게 무슨 말이냐?"

정대한 회장은 수한의 말이 이해할 수가 없어 다시 물었다.

그런 정대한의 질문에 수한은 차분히 백호에 어떤 문제점이 있는지 설명을 하였다.

수한의 설명을 모두 들은 정대한과 연구원들은 망치로 머리를 얻어맞은 듯한 표정을 지었다.

설마 완벽한 전차라 생각했던 백호에 그런 문제가 있었을 줄은 생각지 못했다.

수한의 설명을 들은 연구원들도 머릿속으로 상상을 해 보았다.

백호가 전장에서 활약하는 장면을 그리다 한참 교전을 하는데, 자신의 공격이 자신이 만든 방어막에 막혀 튕기는 모습을 상상하니 어처구니가 없어졌다.

적의 공격을 막을 수도 있지만 자신도 공격을 못해 제압을 하지 못하는 장면은 참으로 아이러니였다.

"문제점을 해결할 수는 있는 것이냐?"

정대한 회장은 잠시 멍했던 정신을 정리하고 단도직입적으로 물었다

그런 정대한 회장의 질문에 수한은 자신 있게 대답을 하였다.

"조금 더 연구를 해 봐야 하겠지만, 지금 연구 중인 인공지능이 완성이 된다면 충분히 해결 가능합니다."

수한은 현재 자신이 홀로 연구하고 있는 인공지능을 언급하며 대답을 하였다.

"뭐, 제가 문제점이라고 말하긴 했지만, 플라즈마 실드 발생 장치를 수동으로 끄고 켜고 하면 운용 가능하니 큰 문제는 없습니다. 그렇게 너무 걱정하는 표정 짓지 않으셔도 됩니다."

많은 사람들이 자신이 한 말 때문에 우려의 표정을 짓는 것에 미안한 마음이 든 수한은 안심시켰다.

그런 수한의 말을 듣고서야 연구원들은 안도의 한숨을 쉬었다.

사실 수한의 말대로 수동으로 플라즈마 발생 장치를 끄고

켜고 하면 되는 문제였다.

다만 적절한 시간에 플라즈마 실드를 발생시킬 수 있는가가 문제였을 뿐이었다.

만약 적이 공격했는데, 그것을 모르고 적을 공격하기 위해 플라즈마 실드를 해제했다면 위기를 맞을 수 있기 때문이다.

수한은 아군의 안전을 위협하는 작은 문제였지만 이것을 지적한 것이다.

그리고 그것을 해결하기 위해 자신이 연구하고 있는 인공지능에 대하여 말을 꺼냈다.

만약 자신이 연구하고 있는 인공지능이 완성이 된다면 천하 컨소시엄에서 개발한 백호에 탑재시킬 생각이었다.

만약 이렇게 된다면 백호는 그냥 단순한 전차가 아닌 인공지능이 결합된 전차형 골렘 또는 전차의 형태를 한 로봇이 되는 것이다.

수한의 인공지능이란 말을 들은 정대한 회장이나 연구원들의 눈이 아까 전 백호에 문제가 있다고 했을 때보다 더욱 커졌다.

"대사님, 프레지던트 윤의 반응은 어떻습니까?"

주한미군 사령관인 더글라스 사령관은 심각한 표정으로 주한미국 대사인 제럴드 박을 보며 물었다.

"음……."

더글라스 사령관의 질문이 있었지만 제럴드 대사는 그의 물음에 답을 할 수가 없었다.

"도널드 부장, 들어온 정보가 없나?"

자신의 물음에 대답을 못하는 대사를 보다 고개를 돌려 북동아시아의 정보를 책임지는 CIA지부장인 도널드 부장에게 고개를 돌리고 질문을 하였다.

그렇지만 그 또한 더글라스 사령관의 질문에 답을 하지 못했다.

물론 그동안 한국이 차세대 주력전차를 개발한다는 정보를 입수하고 그들이 개발하고 있는 전차의 성능에 대한 조사를 하지 않은 것은 아니다.

한국이 개발한 차세대 주력전차의 성능에 대한 정보를 확보한 이들은 어떻게든 그 기술들을 본국으로 보내기 위해 노력을 하였지만 소용이 없었다.

일본기업과 컨소시엄을 한 일신 컨소시엄에서 개발하는 전차에 대한 연구 결과는 모두 확보를 하였다.

그렇지만 천하 컨소시엄은 어떻게 보안을 철저히 지키는 것인지 대략적인 성능에 대한 정보만 흘러나오고, 정확한 연구 결과에 대한 정보를 확보하지 못했다.

그렇다고 천하 컨소시엄의 연구원들을 납치할 수도 없었다.

차세대 주력전차 개발에 참여한 천하 컨소시엄의 연구원들의 경호가 너무도 삼엄하여 비집고 들어갈 틈이 없었기 때문이다.

국가 요인 경호 수준을 넘어선 거의 대통령 경호에 준하는 것이었기에 요인 납치에 정평이 나 있는 CIA라도 힘들었다.

연구원들은 이중삼중으로 경호를 철저히 했다. 오죽하면 화장실을 갈 때도 근접 경호원이 따라붙었다. 그뿐 아니라 그들이 머물고 있는 건물 곳곳에 CCTV는 물론, 군인들이 경비를 서고 있었다.

참으로 생각할수록 어처구니가 없었다.

그동안 한국은 미국이 하는 일에 알아서 자신들이 연구한 것들을 가져다 받쳤다.

자신들의 작은 이득을 위해 국가 기밀도 아무런 거리낌 없이 넘기던 이들이었는데, 이번에는 무슨 일인지 그런 기미가 없었다.

아니, 예전에 그랬듯 그런 움직임이 있었지만 그것도 잠시 정보를 넘겨주던 이들이 한국의 국정원에 국가 기밀 누설죄로 잡혀갔다.

이것만 봐도 이번 정권을 잡은 이들이 이전의 정권과 다른 행보를 한다는 것을 알 수 있었다.

"죄송합니다. 아직 저희도 알고 있는 것이 아무것도 없습니다."

도널드 지부장의 대답에 더글라스 사령관의 표정이 허탈해졌다.

그리고 그건 대답을 한 도널드 지부장 또한 마찬가지였다.

CIA본부에서도 이미 정보가 들어갔기에 계속해서 새로운 정보를 실시간으로 보고를 하다고 난리였다.

하지만 한국이 너무도 철저히 정보 통제를 하는 바람에 그럴 수가 없어 답답한 심정이었다.

"참! 그는 어떻게 하고 있나?"

"그라니요?"

더글라스 사령관은 무슨 생각이 들었는지 어떤 사람을 지칭하며 질문을 하였다.

"그 왜 있지 않나? 미러클 가이!"

더글라스 사령관은 누군가를 가리키며 그의 행방을 물었다.

사령관의 질문에 제럴드 대사는 고개를 갸웃거렸지만 정보를 책임지고 있는 도널드 지부장은 더글라스 사령관이 누구를 가리키는 것인지 금방 알 수 있었다.

"아! 그러고 보니 이번 연구에 그가 관여를 하고 있다고 합니다."

"역시나! 그가 있으니 한국에서 그런 엄청난 것을 개발할 수 있었겠지."

두 사람이 누군가를 가리키며 대화를 하자 제럴드 대사는 고개를 갸웃거리다 질문을 하였다.

"그 미러클 가이라는 자가 도대체 누구기에 그런 말을 하는 것이오?"

궁금증을 참지 못한 대사의 질문에 도널드 지부장이 대답을 하였다.

"예, 미러클 가이라는 자는 15살에 미국에 유학을 와 사년 만에 의학은 물론이고, 생명공학, 물리학, 핵물리학 등 여섯 개의 박사 학위와 다섯 개의 석사 학위를 취득한 천재입니다. 뿐만 아니라 박사 학위 논문 중 인공지능에 대한 내용으로 학위를 취득했습니다. 그리고 관련 학과 교수들 사이에서 가장 뛰어난 논문으로 알려졌습니다. 뿐만 아니라 그가 한 일 중……."

도널드 지부장은 그가 알고 있는 미러클 가이라는 별명으로 불리는 천재에 관한 정보를 제럴드 대사에게 들려주었다.

그런 도널드 지부장의 이야기를 듣는 내내 제럴드 대사는 경악을 금치 못했다.

아무리 대단한 천재라고 하지만 어린 나이에 그렇게나 많은 논문과 업적을 남겼을 것이라고는 상상하지 못했다.

그런데 이야기를 듣다보니 뭔가 이상했다.

"그런데 혹시 그가 한국인이란 말인가?"

"그렇습니다. 한국의 이름으로는 정수한이라고 합니다."

"정수한? 정수한……."

제럴드 대사는 잠시 도널드 지부장의 이야기를 듣다 그 이름을 중얼거렸다.

뭔가 그의 뇌리에 시원하게 뻥 뚫리지 않고 맴도는 어떤 느낌 때문에 쉽게 그 이름을 떨칠 수가 없었다.

"혹시 그 정수한이란 이름과 천하그룹과 연관이 있는 것인가?"

제럴드 대사는 정수한 이름을 되뇌일 때마다 이상하게 천하그룹이 뇌리에 떠올랐다.

그런 대사의 질문에 도널드 지부장이 쐐기를 박는 대답을 하였다.

"그렇습니다. 저희의 정보에 의하면 그가 바로 천하그룹 회장인 정대한 회장의 친손자라고 합니다. 그리고 이번 한국의 차세대 주력전차 개발에 총 책임을 맡고 있었다고 합니다. 그뿐만 아니라 플라즈마 실드 발생 장치도 그의 작품이라 합니다."

많은 정보를 쉼 없이 쏟아 낸 도널드는 목이 타는 듯 자신의 앞에 놓인 차를 들어 한 모금 마셨다.

그런데 도널드 지부장의 이야기를 들은 제럴드 대사는 경악을 금치 못했다.

십대의 어린 나이에 미국에 유학을 가서 박사 학위를 딸 수도 있다.

그렇지만 한 분야에서 박사 학위를 따는 것도 어려운데 여섯 부문에 박사학위를 받았으며 또 다른 분야에서도 석사 학위를 받았다는 말에 놀랐다.

더욱이 그의 나이가 엄청 어리다는 말에 그 충격은 이루 말할 수가 없었다.

그러다 문득 이상한 생각이 들었다.

그 정도 인물이라면 미국에서 그냥 두지 않았을 것인데 어떻게 한국에 그런 자가 있는지 이해가 가지 않았다.

다인종 다민족 국가인 미국은 내부적으로 문제가 많은 나라다.

만약 미국이란 나라가 아니었다면 진즉 파탄이 나도 났을 것이다.

하지만 미국은 커다란 문제를 안고 있으면서도 지금까지 잘살고 있다.

아니, 전 세계를 영도하고 있다는 것이 정확한 표현일 것이다.

미국이 문제를 안고도 이렇게 세계를 영도할 수 있는 것은 별 거 없다.

바로 인재를 수용했기 때문이다.

능력이 있는 자들을 자국민으로 받아들이고 또 어떤 방식으로든 그들이 가진 재주를 미국에서 꽃피우게 만들었다.

그럼으로써 그 열매를 미국이 따고 혜택을 누릴 수 있었다.

그러다 보니 미국이란 거대한 인종 시장을 가진 나라가 커다란 내부 문제를 안고 가면서도 지금의 위치에 오를 수 있었다.

그리고 그러기 위해서 미국은 좋은 밝은 의미로만 인재를 받아들인 것은 아니다.

만약 인재가 미국을 벗어나려고 하면 철저히 망가뜨렸다.

미국에서 배워 간 재능을 밖에서 사용한다면 국익에 손해가 가기 때문이다.

그 때문에 인류에 많은 도움을 줄 수 있는 연구를 하던 천재들이 그 뜻을 펴 보기도 전에 떨어진 이도 상당했다.

아무튼 이런 사실을 알고 있는 제럴드 대사로서는 방금 전 도널드 지부장의 이야기대로 엄청난 천재였을 경우 미국이 그냥 두지 않았을 것이란 생각을 하였다.

"그런 천재라면 본국에서 그냥 놔두지 않았을 것인데?"

제럴드 대사는 도저히 궁금증을 참지 못하고 그렇게 물었다.

자리에 있는 더글라스 사령관이나 도널드 지부장은 제럴드 대사가 어떤 의도로 그런 질문을 하는지 잘 알고 있었다.

자신도 처음에는 그런 의문을 가졌기 때문이다.

하지만 사실을 알고 나면 별 거 없었다.

미국이 뭔가 일을 꾸미기 전 수한이 먼저 선수를 쳐 미국을 빠져나온 것뿐이다.

수한의 학위가 박사 학위와 여러 개의 석사 학위가 있는 이유가 바로 그것이다.

미국은 수한이 석사 학위를 받은 학문도 박사 학위를 받을 것이라 생각하고 준비를 하고 있었다.

그렇지만 수한은 미국이 함정을 파기도 전에 그들의 감시를 피해 미국을 빠져나갔다.

물론 쉽지만은 않았다.

일단 함께 연구를 하는 연구소 직원과 담당 교수들에게 자리를 비우는 변명거리를 만들어야 했으며, 공항을 무사히 통과를 하기 위해서 신분을 위장해야만 했기 때문이다.

더욱이 함께 생활을 하는 양어머니인 최성희의 안전도 확보를 해야 하기에 이중으로 신경을 써야만 했다.

더욱이 지근거리에서 감시를 하는 CIA의 요원들도 떨쳐내야 하기에 말로는 쉽지만 빈틈없이 준비를 하고 그렇게 미국을 빠져나올 수 있었다.

비록 수한이 미국에서 범죄를 저지른 것은 아니지만 너무 똑똑한 것도 그들이 보기에는 죄였다.

미국을 위해 사용하지 않는 죄 말이다.

이렇듯 세계의 경찰국이라 자처하는 미국이지만 자신들의 이익을 위해서라면 불법도 서슴지 않고 저질렀다.

어차피 세상의 정의는 힘 있는 자의 것이기 때문이다.

"아무래도 그를 본국으로 보내야 할 것 같습니다."

도널드 지부장은 잠시 이야기를 중단하고 뭔가를 생각하다 그렇게 뜬금없이 말했다.

"그가 본국으로 가려고 할까?"

제럴드 대사는 수한이 순순히 미국으로 갈 것이란 생각이 들지 않아 그렇게 물었다.

"가게 만들어야 하지 않겠습니까?"

"음……."

이미 작정을 했는지 도널드 지부장은 강력하게 힘주어 말을 하였다.

그런 도널드 지부장의 모습에 제럴드 대사는 아무런 말도 못하고 신음을 흘렸다.

만약 한국에서 CIA요원이 요인을 납치 시도를 하다 들키기라도 한다면 외교적으로 큰 문제가 될 소지가 있다.

아무리 한국이 미국과 동맹이라고 하지만, 자국의 우수한 과학자를 미국에서 납치하려고 했다면 결코 좌시하지 않을 것이기 때문이다.

비록 동맹이고 또 CIA가 한국 내에 활동을 하고 있다는 것은 공공연한 사실이라고 하지만 공식적으로 첩보활동을 하는 CIA의 활동은 불법이다.

그런데 적성국 요인의 납치도 아니고, 자국 내에서 자국의 전략무기를 개발하던 핵심 인력을 납치하려는 이들을 그냥 두고 볼 무골호인(無骨好人)은 그 어디에도 없다.

만약 그런 것을 보고도 그냥 놔둔다면 그자야말로 나라를 팔아먹는 매국노일 것이다.

하지만 외교적 마찰이 있을 것이 분명하지만 제럴드 대사는 도널드 지부장의 결정을 막을 생각을 하지 않았다.

비록 자신은 한국 출신이라고 하지만 현재는 미국인이자 정부를 대표해 파견 나온 대사이다.

그러니 조국을 위해서라면 어떤 일이라도 해야만 했다.

지금은 그저 CIA가 하려는 일을 막지 않고 눈감아 주는 것이 자신의 일이었다.

문제가 발생한다면 그때 생각을 하면 되는 것이다.

"조금 전에 지부장이 말했던 것처럼 경호가 호락호락하지 않다고 했으니 문제가 되지 않게 철저히 연구를 한 다음 실행하시오."

도널드 지부장은 자신이 한국에서 요인 납치를 하겠다고 하는데, 막지 않고 조심하라는 말을 하는 대사를 쳐다보았다.

"막지 않으시는 것입니까?"

혹시나 싶은 생각에 제럴드 대사를 보며 물었다.

그런 도널드 지부장의 질문에 제럴드 대사는 담담한 표정으로 대답을 하였다.

"지부장이 조국을 위해 희생하겠다는데, 내가 막을 수는 없는 일 아닌가? 내가 비록 한국 출신이라고 하지만, 현재 내 조국은 한국이 아니라 아메리카 합중국이네! 자네가 그렇듯 나 또한 조국을 위해서라면 그 어떤 일도 마다하지 않을 것이야!"

제럴드 대사는 자세를 바로하고 옷깃을 여미면서 마치 국회 연설을 하는 것처럼 턱 끝을 치켜 올리며 그렇게 말을 하였다.

"알겠습니다. 최대한 조심을 하고 완벽한 기회라 생각할 때 시행하겠습니다."

제럴드 대사의 대답을 들은 도널드는 그렇게 대답을 하였다.

대사의 의지가 확고하니 더 이상 그를 의심할 수가 없었다.

사실 도널드 지부장은 한국계인 제럴드 대사를 믿지 않고 있었다.

CIA내부 자료에 의하면 그는 기회주의자였다.

그러니 자신이 위험에 처할 일이 될 수도 있는 이번 요인 납치에 관한 이야기를 하면 분명 막을 것이라 생각했다.

그런데 이야기를 들어 보니 또 그렇지 않았다.

기회주의자이기는 하지만 조국에 대한 생각은 그 어느 미국인보다 투철했다.

그렇기에 괜히 여기서 더 문제를 만들지 않기로 했다.

어차피 한국에서 작전을 하는 데 대사의 도움이 절실히 필요하기 때문이기도 했다.

CIA요원으로 아무리 동맹국이지만 한국에서 활동하는 것은 조심스러울 수밖에 없다.

아무리 대단한 자신들이라도 누군가의 도움이 절실하다.

그런데 대사가 도우미가 된다면 일은 한결 편해질 것이 분명했다.

더군다나 그가 판단하기에 제럴드 대사의 성향은 기회주의자이며 보신 주의자였다.

말은 조국을 위해 무슨 일이든 할 것같이 말은 하지만, 자신의 안전을 위해서라면 또 배신도 서슴지 않을 위인이기도 했다.

지금이야 미국이란 세계 최강의 나라가 뒤에 있으니 저렇게 말을 하는 것이란 것을 알고 있다.

안산의 한 오피스텔.

많은 사람들이 떠들고 있었는데, 무척이나 요란하고 시끄러웠다.

그런데 그들이 하는 말이 한국어가 아닌 중국어였다.

안산에는 많은 중국인들이 진출해 있는데, 이들은 그런 한국에 취업을 위해 나온 이들이 아니라 다른 일로 한국에 들어와 있었다.

"대장! 언제까지 여기 이렇게 틀어박혀 있어야 하는 겁니까?"

등소린은 처음 한국에 입국했을 때까지만 해도 금방 일을 끝내고 중국으로 돌아가 새로운 신분을 얻어 새 인생을 살 것만 같았다.

그렇지만 그런 등소린의 예상과는 다르게 작전은 무기한 연기가 되었다.

무엇 때문이지는 모르지만 작전에 들어가기 전 상부에서 작전을 보류시킨 것이다.

"조용히 기다려! 나 또한 이렇게 무작정 기다리는 것이 편한 것 같나?"

질문을 했던 등소린은 자신의 질문에 짜증을 내는 대장의 반응에 얼른 입을 닫았다.

자신도 자신이지만, 사실 대장인 장현의 취미는 살인이다.

원래 살인을 즐기는 사이코패스였는지 아니면 훈련 중에 그리 되었는지는 모르겠지만 아무튼 그는 살인을 좋아했다.

그것도 여느 암살자들처럼 목표를 단숨에 죽이는 것이 아니라 마치 도축장에서 가축을 도축하듯 인체를 부위별로 해부하는 건 그의 특기였다.

등소린은 언젠가 대장인 장현의 그런 취미생활을 엿본 적이 있었다.

대상은 사형수였지만 당시 그 모습은 등소린이 다시 떠올려도 정말이지 소름끼쳤다.

아무런 표정의 변화도 없이 대검 한 자루만 가지고 인체를 해부하는 그의 모습은 두 번 다시 생각하기 두려웠다.

그랬기에 조금 전 짜증을 내는 장현의 말에 등소린도 꼬리를 내린 것이다.

등소린 자신도 살인이라면 할 만큼 해 보았다.

더욱이 어려서부터 무술을 배우고 또 사형수를 대상으로 살인도 밥 먹듯 했다.

그렇기에 비록 흑검들 중 가장 밑에 있지만, 다른 흑검들이 두렵지 않았다.

아니, 마음만 먹는다면 다른 흑검들을 모두 죽일 수 있다는 자신감이 있었다.

그렇지만 대장인 장현만은 그런 생각이 들지 않았다.

아무리 어려서부터 무술을 연마해 자신의 실력에 자신감이 있어도 장현에게서 흘러나오는 살기는 그런 등소린의 자신감을 허공 속에 흩어지게 만들었다.

"한국에서 최종적으로 기종 선정 시험이 끝났다고 한다. 그 말은 지금과는 다르게 연구원들의 경호가 조금은 느슨해질 것이란 소리다."

장현은 무엇 때문에 상부에서 작전을 지연시켰는지 잘 알았다.

다른 흑검 대원들이 그저 납치와 살인에 특기를 가지고 있는 것과 다르게 장현은 작전의 전체를 볼 수 있는 능력과 또 작전의 성공을 위해 어떻게 행동을 해야 할지 본능적으로 깨닫는 능력까지 있었다.

그렇기에 중국에서 출발할 때와 작전 환경이 바뀌어 작전이 잠정적으로 중단이 되었다는 것을 깨달았다.

더군다나 언제부터인지 모르겠지만 누군가 자신들을 감시하고 있다는 것도 깨달았다.

그렇기에 상부의 작전 중단 명령이 무척이나 반가웠다.

특종병 중의 특종병인 흑검이라고 하지만 총을 맞으면 죽는 것은 일반인과 다를 것이 없었다.

작전 성공도 중요하지만 자신들의 무사 귀환도 중요한 요인이다.

흑검 요원 한 명을 양성하는 데 많은 돈이 들어간다.

그런 요원을 최대한 많이 살려 고국으로 돌아가야 한다.

그것이 흑검의 대장으로서의 임무인 것이다.

"대장! 공문입니다."

작전에 대한 생각을 하고 있을 때, 밖에서 또 다른 부하가 뭔가를 가지고 오피스텔 안으로 들어왔다.

이곳은 오피스텔 건물 전체가 중국인들이 거주하고 있었다.

중국인들은 많은 나라에 이와 같이 동산이나 부동산을 투자하였다.

그중에는 장현이 소속된 국안부도 있었는데, 이들은 각 나라에 스파이를 파견 보낼 때 의심을 받지 않고 활동을 할 수 있는 근거지를 마련하고 또 작전을 마치고 안전하게 지낼 안가의 성격을 띤 시설로 이용이 되었다.

이 오피스텔도 국안부에서 마련한 안가 중 한 곳이다.

장현의 부하는 자신이 들고 온 공문을 장현에게 넘겼다.

공문은 일반 서류 형식을 띄고 있지만 이들 흑검들은 모두 잘 알고 있었다.

대장인 장현이 가지고 있는 보안카드를 이용해 공문을 살펴보면 그 안에 지령이 들어 있다는 것을 말이다.

한참을 부하가 가지고 온 공문을 살피던 장현이 고개를 들었다.

그런 장현의 모습에 흑검들은 모두 긴장을 하였다.

결연한 그의 표정에 뭔가 특별 지시가 있음을 짐작할 수 있기 때문이다.

장현은 상부에서 내려온 지령을 살피고 부하들을 보았다.

그런 자신의 모습에 긴장을 하는 부하들의 모습에 살짝 미소를 지었다.

그런데 장현의 그 미소는 무척이나 차가워 소름이 끼쳤다.

마치 죽음을 부르는 듯한 그 미소는 보는 이로 하여금 절망감을 느끼게 하였다.

3.
스파이들의 보이지 않는 전쟁

어두운 밀실 일련의 사람들이 모여 이야기를 하고 있었다.

그런데 무엇 때문인지 밀실의 조명은 무척이나 희미해 안에 있는 사람의 신원을 확실하게 확인할 수는 없었다.

"부장, 이번에는 확실하겠지?"

"예, 비록 미국에서는 실패하였지만 이번에는 그들이 움직였으니 실패하지 않을 것입니다."

"그래야 할 거야."

한 남자가 말을 하자 부장이라 불린 남자는 잔뜩 긴장을 하였다.

중저음의 듣기 좋은 목소리였지만 그 안에 내포한 의미는 그를 긴장하게 만들기 충분했다.

세기의 천재라 불리는 아인슈타인이나 V2로켓을 만든 폰 브라운을 능가하는 천재가 미국에 나타났다는 소식을 듣고 그를 확보하기 위해 여러 나라들이 보이지 않는 전쟁을 하였다.

하지만 그 전쟁은 승자도 없는 패자만 있는 싸움으로 끝나 버렸다.

각 나라들이 초강대국 미국에서 그 천재를 확보하기 위해 전쟁을 벌일 수 있던 배경에는 그 존재가 미국 국적을 취득한 미국인이 아니라 자국민 보호에 별로 관심이 없는 나라였기 때문이다.

경제력 규모로 보면 선진국이라 할 수 있는 나라지만, 자국민 보호에는 그리 적극적이지 못해 해마다 많은 우수 인력이 해외로 빠져나가고 있는 나라.

거기다 외국에서 자국민이 불이익을 당해도 신경도 쓰지 않는 나라의 출신이란 것 때문에 각축전을 벌이던 나라들은 그의 출신을 신경도 쓰지 않았다.

각국의 정보국들이 신경을 쓴 나라는 바로 그가 머물고 있던 바로 미국의 정보조직이었다.

미국은 무수히 많은 정보단체가 있다.

중앙정보부(CIA), 국가안보국(NSA), 국가정찰국(NRO), 국방정보국(DIA), 국가지구공간정보국(NGA), 국토안보부(DHS), 육군 · 해군 · 공군 · 해병대 정보부대, 국무부 정보조사국(INR), 연방수사국(FBI), 해안경비대 정보실(USCG), 법무부 마약수사청(DEA), 재무부 정보지원실(OIS), 에너지부 정보실(IN)처럼 잘 알려진 조직도 있고, 극비로 취급되어 일반인이 모르는 그런 조직도 있다.

그러다 보니 미국은 자국 내 정보조직과 한 사건을 두고 대립을 하는 경우도 있었다.

그러니 다른 나라의 정보조직과는 어떻겠는가. 업무 협조를 하고 공식적으로 들어온 경우가 아닌 이상 정체가 밝혀졌을 때 해당 정보요원은 목숨이 위태로웠다.

뿐만 아니라 스파이 활동에 대한 비난을 받을 수도 있었다.

그런데 사 년 전 그런 일이 발생하였다.

그 세기의 천재를 확보하기 위해 벌였던 첩보전에서 어떻게 된 일인지 각국의 정보요원들의 신원이 밝혀지고 또 그 행적까지 공개가 되었다.

은밀해야 할 첩보원들의 정체와 행적이 밝혀지면서 미국은 한순간에 혼돈의 도가니가 되어 버렸다.

미국에 자신들의 정보요원을 침투시킨 국가들은 어떻게든 그들의 흔적을 지우려고 노력을 하였고, 또 요원들은 요원들대로 자신의 안전을 확보하기 위해 미국의 추적을 뿌리치느라 임무를 제대로 수행할 수 없었다.

물론 미국도 마찬가지였다. 아무리 많은 정보기관을 가지고 있다고 하지만 업무 특성상 그들은 수사를 공조하기보다는 개별적으로 움직였다.

자신들이 속한 조직이 세계 최고라는 자만에 공조를 하지 않고 수사를 하다 보니 각국에서 침투한 스파이들을 잡아내지 못했다.

뿐만 아니라 나중에 그들이 자국 내에 존재하는 천재를 납치하기 위해 침투를 했다는 것을 뒤늦게 알게 되었다.

그런데 그 천재가 자신들도 회유하기 위해 기회를 보고 있던 존재란 것도 알게 되었다.

그래서 보다 적극적으로 움직이려고 할 때, 다시 사고가 터졌다.

이번에는 미국의 정보조직의 정보가 외부에 흘러 나간 것이다.

그 때문에 천재를 둘러싼 각축전은 각국 정보조직에 큰 출혈만 안기고 모두 실패로 돌아갔다.

그리고 이렇게 사 년이 흐른 뒤 천재의 고국에서 엄청난 무기가 탄생하였다.

이들은 그때 확보하지 못한 천재가 만든 무기의 위험을 깨달을 수 있었다.

미국이 미사일방어체계(MD)를 배치하겠다는 발표했던 것보다 더 이들에게 위기감을 느끼게 하였다.

미국이 주변국에 MD의 일환으로 사드 미사일을 배치한다는 발표를 했을 때 위기감을 느껴 항의를 하여 무산시키기는 하였지만, 이번 한국에서 개발된 그것은 그것과는 다른 문제였다.

어떻게 활용하느냐에 따라서는 MD보다 더 확실한 보험일 수가 있었다.

지금이야 전차 한 대를 보호할 수 있는 정도지만 나중에는 어떻게 변할지 모르는 일이었다.

건물 한 동이 될 수도 있고 어쩌면 SF영화에 나오는 것처럼 한 지역을 둘러싼 형태가 될 수도 있는 것이다.

그러니 그것이 다른 나라로 넘어가게 해서는 절대로 아니 되었다.

동맹국에도 마찬가지다. 다른 나라에 빼앗길 바에는 아무도 갖지 못하게 하는 것이 최선이었다.

그래서 최고의 존재들을 한국으로 보냈다.

아무도 갖지 못하게 암살을 하기 위해서 말이다.

그런데 계획이 바뀌었다. 당 서기장 겸 군사위원 주석이 납치를 지시한 것이다.

대국이 자신들만이 그런 기술을 가질 수 있다는 것이다.

그리고 자국을 위협하는 미국을 상대하기 위해선 다른 어떤 무기보다 그것을 먼저 확보해야 한다는 명령에 국장도 동의를 하였다.

그래서 파견된 흑검들에게 새로운 명령을 전달하였다.

"그들이라면 확실하게 명령을 수행할 것입니다. 만약 미국의 방해로 정수한 박사를 확보하지 못한다면 아무도 그를 갖지 못하게 제거할 것입니다."

부장은 비장한 표정으로 그렇게 대답을 하였다.

"그래, 그런 정신으로 일을 하라고 전처럼 흐지부지하게 일을 하지 말고 말이야."

"알겠습니다."

여러 사람이 밀실 내에 있기는 하였지만 주석과 국안부 부장인 조중화의 대화를 듣기만 하였다.

한국에서 날아온 한국의 차세대 주력전차 선정 과정에서 외부로 흘러나온 차세대 주력전차의 성능은 각국의 지도자들을 놀라게 하기 충분했다.

그 때문에 연일 회의를 하고 있었다.

비록 한국이 자국에 비해 군사력이 한참 모자란 나라이기는 하지만 쉽게 볼 수 있는 나라도 아니었다.

특히나 최근 한국은 군대 현대화 사업을 추진하면서 방만했던 군 조직을 개선을 하고 장비들도 첨단화 하고 있었다.

재래식 무기들을 업그레이드 하는 것은 물론이고, 낙후된 장비들을 퇴역시키며 신형 장비로 교체를 하고 있다.

그 과정에서 생각지도 못했던 장비들이 속속 등장을 하고 있었다.

아직까지는 큰 위협은 되지 않을 것이지만 앞으로는 예상할 수 없었다.

이번에 개발된 전차에 들어간 플라즈마 실드란 기술이 다른 무기에도 도입이 된다면 한국과 인접해 있는데다 북한과 군사 협력을 하고 있는 자신들로서는 그것을 신경을 쓰지 않을 수가 없었다.

삑! 드르륵!

컴퓨터 전원을 끄고 자리에서 일어난 수한은 자신의 자리를 정리했다.

수한이 이렇게 퇴근을 서두르는 것은 오늘 그동안 프로젝트 때문에 만나지 못했던 누나를 만나기 때문이다.

물론 누나만 만나는 것이 아니라 자신과 인연을 맺었던 파이브돌스의 다른 멤버들도 함께 만나 저녁식사를 함께하기로 한 것이다.

얼마 전 파이브돌스가 컴백을 하였기에 수한은 방송국까지 가서 응원을 하고 직접 데려와야만 했다.

그래야 조금 더 오래 시간을 함께 보낼 수 있다는 이유에서 직접 움직이게 되었다.

물론 매니저와 코디네이터들 역시 저녁은 함께 먹지만 그 이후의 자유시간을 조금 더 갖기 위해 루나가 편법을 쓰는 것이었다.

연예인, 그중 정상의 위치에 있는 파이브돌스다.

이미 수한과의 관계도 알려질 만큼 알려져 스캔들 기사가 뜰 일은 없을 것이지만, 아직도 파이브돌스와 수한의 관계를 색안경을 쓰고 쳐다보는 이들이 있어 조심을 해야만 했다.

남 잘되는 꼴을 그냥 두고 보지 못하는 그런 인간들이 있기에 조심을 하는 것이다.

물론 파이브돌스나 수한은 안티들을 신경 쓰지 않는다. 그래도 다른 팬들은 그렇지 않을 것이다. 그들을 걱정시키지 않기 위해 일부러 명분을 제공하지 않기 위해 이런 불편을 사서 하는 중이다.

수한도 자신이 직접 누나들을 데리러 가는 일이 싫지 않았다.

파이브돌스는 그저 누나가 속해 있는 그룹이 아니라 수한에게 무척이나 특별한 존재들이었다.

수한의 인간관계에서 가족을 뺀 가장 가까운 이들이니까.

그러니 예전 스캔들이 터졌을 때도 직접 기자회견을 자처해 해명을 하였다.

"먼저 퇴근하겠습니다. 수고들 하십시오."

수한은 자리 정리가 끝나자 사무실을 나서며 그렇게 남은 연구원들에게 퇴근 인사를 하고 연구실을 빠져나왔다.

수한이 연구실을 빠져나와 연구소 주차장에 도착을 하니 먼저 연락을 받고 대기를 하고 있던 김갑돌과 한 명이 차 문을 열어 주었다.

그런데 예전과 다르게 검은색 승용차 한 대와 양복을 입은 경호원으로 보이는 사내들 두 명이 더 보였다.

그들은 수한이 데리고 있는 이들이 아니라 나라에서 나온 경호원들이었다.

수한이 차에 오르자 경호원들이 탄 차가 먼저 주차장을 빠져나갔다.

플라즈마 실드라는 엄청난 물건을 만들어 낸 수한이기에 이십대의 어린 나이지만 국가 차원에서 다른 위협으로부터 보호하는 목적으로 이들을 파견한 것이다.

두 명 모두 특수부대에 속해 있는 이들이지만 수한에게 정확한 신분을 알리지는 않았다.

그저 수한과 연구원들을 암살하기 위해 외국 정보조직에서 스파이를 파견했다는 정보를 입수하였기에 경호원을 배치하겠다는 통보를 받았다.

수한은 사실 이들의 존재가 조금 불편했다.

어디 어느 곳을 가던 따라오는 터라 불편 것을 따지면 이루 말할 수가 없었다.

하지만 자신의 능력을 될 수 있으면 밖으로 드러내지 않는 것이 좋다는 생각에 받아들였다.

사실 수한 정도의 능력이라면 굳이 경호원들이 필요가 없었다.

이미 8클래스의 마법과 무술 실력이라면 종합격투기 챔피언이 온다고 해도 수한을 감당하지 못할 것이다.

아니, 경호원으로 온 특수부대원 전부가 덤벼도 수한의 몸에 생채기조차 만들 수도 없음을 아무도 모른다.

그렇지만 굳이 그것을 다른 사람들에게 알릴 필요는 없었다.

자신의 능력을 최대한 숨기는 것이 최후의 순간에 수한 자신에게 유리하게 작용할 것이기 때문이다.

하나를 숨기면 한 번의 위기를 극복할 수 있는 카드로 작용할 것이고, 두 개를 숨기면 두 번, 자신의 능력을 숨기면 숨길수록 안전이 확보되는 것이다.

미국에서 한국으로 돌아올 때도 마찬가지였다.

그저 조국을 위해 배워야 할 것이 많아 닥치는 대로 배웠다.

하지만 그것이 독으로 작용해 다른 사람들의 주목을 받게 되었다.

그것 때문에 잠시 양모인 최성희가 위험할 뻔도 하였다.

다행히 지인의 도움으로 적들에게 혼란을 주어 위기를 모면할 수 있었다.

그때부터 수한은 자신의 능력을 최대한 숨기기로 하였다.

물론 그렇다고 하려는 일을 대충할 생각은 없었다.

자신이 속한 나라를 지키는 것을 환생을 하기 전 자신의 존재를 걸고 맹세를 하였다. 그리고 그것을 지키는 일이 수한에게 그 어느 것과 바꿀 수 없는 지상 목표였다.

만약 그것을 외면한다면 수한은 자신의 능력 대부분을 잃게 될 것이다.

비록 이곳 지구가 마법이 존재하지 않는 세상이지만 그렇다고 마법사의 맹세가 지켜지지 않는 세상도 아니다.

수한 자신은 마법이 없는 세상에서 유일한 마법사, 아니, 마법사보다 더 고위인 마도사의 경지를 넘어 위자드에 들어섰기 때문이다.

언어에 힘을 실리는 사실을 알고, 또 자신의 말에 어떤 힘이 내포하는 것을 잘 인지하고 있는 수한이기에 언제나 조심을 할 수밖에 없다.

그러니 자신을 드러내지 않고 최대한 안전을 도모하기 위해선 나라에서 보내 준 경호원을 받아들일 수밖에 없었다.

그들이 경호원 겸 자신이 외국에 포섭되는 것을 막기 위한 감시자란 것을 잘 알고 있지만, 가족이 모두 이곳 대한민국에 있으니 나른 나라에 가고 싶은 마음도 없기에 받아들였다.

수한이 뒷자리에서 출발하는 경호차량을 쳐다보다 조용히 눈을 감았다.

◈ ◈ ◈

"도착하였습니다."

김갑돌은 수한이 방송국에 도착을 하였는데, 아직까지 눈을 감고 있자 도착한 사실을 알렸다.

수한은 자신의 경호를 책임지는 김갑돌의 말에 눈을 살며시 떴다.

요즘 하고 있는 실험 때문에 잠을 줄이다 보니 이렇게 이동 간 토막잠을 자는 경우가 많았다.

일반 사람들과 다르게 초인의 경지에 들어선 이후 웬만한 일에는 느끼기도 전에 몸이 알아서 피로 물질을 체외로 배출을 한다.

하지만 아무리 초인의 경지에 들어선 수한이라고 해도 인공지능에 관한 연구는 정신적으로 피로하게 만들었다.

"내가 깊이 잠이 들었나 보군요."

"아닙니다."

"여기부터는 일반인들도 있으니 경호원들에게 원거리에서 경호를 하라고 하세요."

"알겠습니다. 그럼 저희도 조금 떨어진 곳에서 경호를 하겠습니다."

김갑돌은 수한의 지시에 경호원들을 원거리에 배치하겠다는 대답과 함께 자신들에 대해서도 보고하였다.

수한에게 오늘 만나는 연예인들이 어떤 의미인지 잘 알고, 될 수 있으면 자연스럽게 만나고 싶어 한다는 것을 잘 알기에 김갑돌은 그렇게 대답을 하였다.

김갑돌의 말에 수한은 대답 대신 살짝 미소를 지어 주었다.

사실 김갑돌에게 수한은 그냥 고용주가 아니었다.

먹을 것이 없어 굶어 죽을 기로에서 위험을 감수하고 탈북을 결심한 김갑돌은 잡히면 무조건 총살이 확실함에도 가족을 모두 이끌고 북한을 탈출하였다.

사실 김갑돌은 북한에서 그런대로 출신 성분이 좋아 군 간부에 속했다.

그렇지만 끝없는 고난의 행군 속에서 최우선인 군에서조차 식량배급이 줄어들며 어려움에 처하게 되었다.

설상가상으로 군 간부인 자신의 자식이 영양실조로 죽어갈 동안 지도자는 날이 갈수록 뚱뚱해져만 가는 모습을 TV로 목격을 했을 때 결심을 하였다.

그래서 결행한 중국으로의 탈북. 하지만 북한을 탈출했다고 고난이 끝난 것이 아니었다.

눈이 벌게져 탈북자를 찾아다니는 북한 보위부 요원과 중국 공안들의 눈을 피해 또다시 중국을 벗어나야만 했다.

다행이라면 북한을 탈출한 탈북자를 도와주는 이들이 있어 빚을 내 중국 국경이 있는 곳으로 이동을 하였다.

브로커의 안내로 무사히 중국 국경을 넘고 라오스 국경을 넘어 캄보디아로 넘어가려는 때 문제가 발생하였다.

국경을 넘는 과정에서 그만 라오스 국경수비대에 걸리고 만 것이다.

다행히 안내를 하던 브로커가 뇌물을 써서 빠져나올 수는 있었지만 그 과정에서 사랑하는 부인과 생이별을 하고 말았다.

그런데 지금의 고용주가 맨몸으로 라오스 국경까지 찾아가 그들에게 붙들린 그의 부인과 여자들을 찾아왔다.

김갑돌의 마음속에 수한이 들어온 것 그때부터였다.

그래서 한국에 들어와 정착을 하면서 먹고살기 위해 닥치는 대로 일을 하면서도 언젠가는 꼭 그의 은혜를 갚겠다는 생각을 하였다.

그러다 우연히 다른 탈북자가 은인인 수한을 죽이는 일에 자신을 동원하였다.

처음에는 아픈 부인을 병원에 데려가기 위해 돈을 벌어야 한다는 생각뿐이었다. 그렇기 때문에 누군지도 모르고 살인의 방수로 참여를 하였다.

그런데 현장에서 자신이 죽여야 하는 대상이 은인이란 것을 알고 마음을 고쳐 반대로 자신을 고용한 암살자를 저지하였다.

그것이 인연이 되어 은인에게 경호원이 되지 않겠냐는 제의를 받았다.

그저 은혜를 갚기 위해 한 일인데 그 일로 더욱 큰 은혜를 입었다

그저 진찰만 받아도 소원이 없을 것이라 생각했었는데, 큰 병원에 데려가 진찰을 받는 것은 물론이고 아픈 병도 싹 고쳐 주었다.

그뿐만 아니라 이제는 유일한 자식인 순덕이도 건강하게 학교를 다니게 되었다.

더욱이 자신은 회사에 취직을 하여 많은 돈을 벌 수가 있었다.

그저 은인을 따라다니는 일만 하는데도 엄청나게 많은 월급을 받았다.

나중에 다른 사람들에게 듣기로 자신이 받는 월급이 일류대학을 나온 엘리트도 경력이 쌓인 간부나 되어야 받을 수

있는 금액이라고 했었다.

참으로 은혜 깊은 고용주였다. 그래서 김갑돌은 수한이 자신의 생명을 원한다고 해도 충분히 내놓을 생각까지 하였다.

그러다 보니 수한의 일거수일투족을 지켜보며 어떤 것을 좋아하고 어떤 것을 싫어하는지 파악하게 되었다.

김갑돌이 앞 경호차량에 수한의 지시를 하러 가는 사이 수한은 차에서 내려 방송국 안으로 들어갔다.

방송국 안으로 들어가기 위해선 출입증이 있어야 하지만, 고모인 천하 엔터 사장인 정영화에게 회사 관계자 출입증을 받았다.

그렇기 때문에 출입증을 목에 걸고 방송국 안으로 들어간 것이다.

더욱이 잘생긴 수한의 외모 때문이라도 출입증이 없어도 연예인으로 오해를 받아 가끔 어처구니없는 해프닝이 벌어지기도 하지만 말이다.

"부장님!"

CIA한국지부 지부장인 도널드의 부하인 미키는 자신의

상관인 도널드를 급히 찾았다.

"무슨 일이야?"

CIA본부에 보고할 문서를 작성하고 있던 도널드는 자신을 급히 찾는 부하의 부름에 고개를 돌려 물었다.

"M에 관한 정보가 들어왔습니다."

"뭐? 무슨 정보인데?"

도널드 부장은 부하의 대답에 깜짝 놀라 급히 물었다.

여기서 미키가 말한 M이란 명칭은 바로 미러클의 앞글자로 CIA에서 수한을 가리키는 코드였다.

경이로운 일이나 기적 등으로 표현되는 이 미러클이란 단어가 수한이 그동안 보였던 행적에 딱 부합하기 때문에 M이란 코드를 부여한 것이다.

또 일부 요원들 사이에서는 M이란 코드를 미러클이 아닌 신비롭다 또는 알 수 없다는 뜻으로 미스틱이나 미스터리의 앞글자라 생각하는 요원도 있었다.

M이란 단어를 요원들마다 다르게 받아들이지만 공통된 생각은 수한의 능력이 너무도 경이롭고 알 수가 없다는 생각은 일치했다.

아무튼 자국의 이익과 관련해 예의주시하고, 될 수 있다면 본국으로 납치를 해서라도 데려가야만 할 수한에 대한 정보가 들어왔다는 말에 도널드는 하던 일도 멈추고 부하를 돌아 보았다.

"중국 MSS의 다크소드(흑검) 일 개 팀이 한국으로 들어 왔다고 합니다."

"그것하고 M하고 무슨 연관이 있기에 그러는 거야?"

도널드는 부하가 자신이 속한 CIA처리반과 비슷한 일을 하는 중국 국가안전부(MSS)의 흑검들이 한국에 들어왔다는 말에 고개를 갸웃거렸다.

사실 국안부의 흑검들도 자신이 신경을 써야 할 존재이기는 하지만 현 시점에서 그들보다 중요한 것은 바로 M이었다.

"다크소드가 들어온 이유가 바로 M을 납치하기 위해서라고 합니다."

미키는 자신이 정보원으로부터 들은 내용을 그대로 보고를 하였다.

그때서야 도널드는 긴장을 하기 시작했다.

중국이 개방을 하기 시작하면서 급속히 발전을 하였다.

세계의 공장을 자처하면 전 세계의 부를 빨아들이기 시작하였다.

저품질의 쓰레기보다 조금 좋을 뿐인 제품이지만, 값이 싸다는 이유 때문에 세계 각지에 팔려 나갔다.

그렇게 벌어들인 자금으로 급격히 발전한 중국은 미국을 위협하는 국가로 급성장을 하였다.

물론 객관적인 전력으로 중국이 미국을 따라오려면 아직 한참이나 멀었지만 그 간격은 시간이 갈수록 줄어들고 있었다.

더욱이 중국이 보유하고 있는 미국 국채 규모가 1조 달러가 넘어간 것은 벌써 10년이 넘은 일이었다.

정확한 액수는 밝혀지지 않고 있지만 더 늘어났을 것으로 미 국무부는 예상하고 있었다.

그것뿐만이 아니다, 중국은 오래전부터 세계의 중심이 자신들이란 사상을 가지고 있으며 그런 자존심에 어울리는 군사력을 갖기를 희망했다.

그런데 이 과정에서 중국은 수단과 방법을 가리지 않고 군사강국의 군사 정보를 빼돌렸다.

중국과 동맹이었던 소련이 1969년에 벌어진 중소국경 분쟁을 기점으로 무기 수출을 금지하자, 중국은 소련에서 수입한 무기들을 불법 복제하여 방위산업의 기술을 습득하는 한편 군사력까지 확충하였다.

국제적으로 비난받아 마땅한 일이었지만 중국은 뻔뻔스럽게 철면피로 일관했다.

그뿐만 아니라 미국의 첨단 스텔스 기술을 습득하기 위해 불법핵개발로 경제제재를 받고 있던 파키스탄과 협상을 통해 파키스탄에 떨어진 스텔스기의 잔해를 사들이기까지 하였다.

그런 중국이 이번에는 미국도 눈여겨보고 있는 과학자를 납치하려고 하고 있으니 도널드로서는 이를 좌시할 수가 없었다.

“다크소드 일 개 팀이라 했나?”

“그렇습니다. 어서 우리도 대책을 세워야 합니다. 만약 M이 중국에 넘어가게 된다면 우리 미국은 심각한 위험에 처할 것입니다.”

미키는 상관의 질문에 답을 하며 자신들도 중국에 맞서 대책을 세워야 함을 강조하였다.

“한국의 국정원은 이 사실을 알고 있나?”

도널드는 잠시 뭔가를 생각하다 미키에게 물었다.

상관의 질문에 미키는 바로 대답을 하였다.

“예, 알고는 있을 것입니다. 제가 정보를 취득한 곳이 바로 국정원이니까요.”

자신의 부하가 정보를 얻은 곳이 한국의 정보조직인 국정원이란 말에 눈을 반짝였다.

한국의 국정원이 대내외적으로, 정보조직으로서 저평가되

고 있지만 도널드는 그렇게 생각하지 않았다.

물론 부족한 면이 있기는 하지만 그렇다고 국정원이 다른 조직들이 생각하는 만큼 그렇게 무능하지도 않았다.

아니, 연혁이 짧은 것을 감안하면 그들의 정보 취득 능력이 부족하다고 할 수도 없었다.

아직까지 세련되지 못해 저평가를 받는 것이지, 그들이 국가를 생각하는 이상은 세계 어느 나라의 정보조직보다 더 투철하였다.

독종 중의 독종들이 모인 곳이 바로 한국의 국정원이다.

비록 상층부가 썩어 그 능력을 제대로 발휘를 하지 못하는 것뿐이지 요원들의 기본 소양이나 능력은 우수한 편이다.

그런데 그런 국정원에서 정보가 넘어왔다는 것은 어쩌면 자신들에게 일부러 정보를 흘렸을 가능성이 있었다.

아직까지 국정원에는 MSS의 다크소드나 자신이 속한 CIA의 처리반처럼 정보 취득뿐 아니라 요인의 납치와 암살, 배신한 요원의 처리를 하는 전문팀이 없었다.

그렇다 보니 중국에서 넘어온 것으로 알려진 다크소드를 막아 낼 능력이 없다.

이런 생각을 한 도널드는 국정원에서 자신들에게 M의 보호를 요청한 것이라 판단을 내렸다.

물론 공식적인 요청이 아니기에 어떤 협상을 통해 이득을 볼 수도 없는 일이지만, 그들의 제안을 받아들이지 않을 수도 없었다.

M이 중국에 넘어가면 한국만 손해를 보는 것이 아니라 자신들이 더 위협으로 다가올 것이기 때문이다.

한국은 이미 차세대 주력전차를 개발 완료하였다.

이제 양산만 남은 일이기에 앞으로 그가 개발할 새로운 것들을 취하지 못한다는 문제 외엔 없다.

그렇지만 M이 중국에 넘어가게 된다면 많은 것을 새롭게 계획해야만 했다.

이미 M의 능력은 널리 알려졌다.

그는 미사일에서부터 전차, 제약 등 많은 부문에서 두각을 나타내고 있다.

그가 개발한 것들은 정말이지 기존의 기준으로는 판단할 수 없는 엄청난 것들만 개발하였다.

M이 소유한 제약회사에서 생산하는 외상치료제도 어떻게 활용하느냐에 다라 엄청난 파급을 일으킬 수 있는 물건이었다.

막말로 현재 해외 파병된 미군들 중 상당수가 라이프 제약에서 나온 외상치료제로 인해 목숨을 구하고 있었다.

더욱이 심각한 외상을 입은 사람도 부작용 없이 빠른 시간에 치료를 하기에 국방부에서는 더 많은 물건을 확보하길 원하지만, 라이프 제약 측에서 생산량의 한계로 각 국가별로 쿼터를 적용해 판매를 하고 있었다.

그리고 정보에 의하면 그보다 더 대단한 물건이 라이프 제약에서 개발되어 있지만, 어떤 문제로 인해 외부 판매를 하지 않고 있다고 한다.

그런데 중요한 것은 그 물건이 심각한 부작용이 있어 판매를 하지 않는 것이 아니라 군 전용이 될 수 있다는 문제로 시판을 하지 않고 있다는 정보다.

이것만 봐도 M을 다른 국가에 빼앗기게 된다면 미국으로서는 치명적인 문제로 작용할 수 있었다.

한국의 의도를 알고도 그들의 뜻대로 움직일 수밖에 없게 되었다.

"일본에 쉬고 있는 마커스의 팀을 호출해!"

"알겠습니다."

도널드는 현재 작전을 마치고 일본의 온천에서 휴식을 취하고 있는 마커스의 팀을 호출하였다.

그들은 CIA의 처리반 중에서도 수위에 들어가는 팀이었다.

얼마 전 조직을 배신하고 CIA의 정보를 테러 단체에 넘긴 배신자를 처리하고 그 보상으로 휴식을 취하고 있는 중이었다.

2010년부터 급격히 세력을 확대해가고 있는 중동의 과격 테러 단체인 IS(Islamic State, 이슬람국가)는 이전의 중동 테러 단체들과 다르게 엄청난 자금과 인력을 확보했을 뿐 아니라, 다른 중동 테러 단체들과 연계하여 세계를 상대로 테러 행위를 자행하고 있었다.

그들은 미국은 물론이고, 러시아, 프랑스 등 군사강국들은 물론이고, 같은 이슬람 국가들에도 종파가 다르다는 이유로 테러를 자행하고 있었다.

더욱이 그들은 인질들을 잔인하게 처형하는 것으로 자신의 적들에게 공포를 안겨 주었다.

납치한 포로에게 그저 쇼를 촬영하는 것뿐이라 속이고 포로가 안심하고 있을 때 뒤에서 그대로 참수를 하였다.

이러한 장면을 캠코더로 촬영을 하고 언론 매체를 통해 방영을 하였다.

이런 단체에 CIA의 요원들의 정체를 알리는 정보가 넘어간 것이다.

CIA는 설마 자신들 내부에 불법 테러 단체인 IS의 스파이가 있을 줄은 상상도 못했다.

요원 선발 과정에서 철저히 신상 조사를 하는 CIA 내부에 IS의 스파이가 있을 줄을 누가 상상이나 했겠는가. 이 때문에 CIA는 발등에 불이 떨어졌다.

얼마나 많은 정보가 테러 단체에 넘어갔는지는 모르겠지만 하루라도 빨리 배신자를 처단하지 않으면 심각한 위기에 처할 수 있었다.

그래서 많은 처리반들이 출동을 하였고, 그중 마커스의 팀이 배신자와 그를 보호하고 있던 테러리스트들을 처리하였다.

그 보상으로 일본 온천에서 한가롭게 휴양을 즐기고 있는 그들을 불러들이기로 한 것이다.

다른 팀들은 너무 멀리 있기에 급박한 상황에 멀리 있는 팀 보다는 가까운 곳에서 휴식을 취하고 있는 그들을 부르는 것이 빠르기 때문이다.

국가정보원 또는 국정원이라 불리는 대한민국의 안전을 위해 정보를 수집하는 첩보기관이다.

이들의 직급은 장관급인 국정원장 아래 차관급 차장 세 명과 역시 차관급인 기획조정실장이 있다.

이들은 각각 맡은 임무가 다른데, 1차장은 해외 담당, 2차장 국내 담당, 3차장 북한 담당이며, 기획조정실장은 인사 및 교육, 예산 업무 등을 담당한다.

지금 국정원장실에는 해외 담당 1차장과 국내 담당 2차장이 불려 와 있었다.

"김 차장."

"예, 말씀하십시오."

김세진 국정원장은 2차장인 김기춘 차장을 불렀다.

"어떻게 되었나?"

"예, 빼꾸기에게 흘렸으니 지금쯤이면 그들에게 알려졌을 것입니다."

김기춘 차장은 국정원장의 질문에 바로 답을 하였다.

그가 말한 빼꾸기는 다름 아니라 국정원 직원이면서 외국에 정보를 빼돌리는 스파이를 지칭하는 단어였다.

사실 국정원이 대한민국을 위해 운영되는 정보조직임에도 불구하고 그 안에는 너무도 많은 스파이들이 활동을 하고 있었다.

미국의 사주를 받은 CIA요원은 물론이고, 일본의 내각조

사실 요원이나, 몇 년 전 신설된 NNSA요원으로 의심되는 자들도 있었다.

그뿐만 아니라 중국이 발전을 함과 동시에 포섭이 된 요원들도 상당했다.

그 모든 요원들의 신상을 알 수는 없지만 많은 숫자를 파악하고 있었다.

그래서 이번 작전에 은밀히 정보를 흘려 미국이 나서게 만들었다.

사실 국정원 요원들에게 중국의 국안부 요원쯤은 그리 두려운 존재는 아니었다.

그렇지만 국안부 요원 중에서도 특수조직인 흑검의 요원은 달랐다.

어느 나라든 정보조직을 운용하면서 그들만 운용하지 않는다.

미국의 CIA내에서도 각국에 파견되는 비밀요원을 지원하는 조직이 있는가 하면, 배신한 요원을 처리하는 처리 조직이 있었다.

그들의 능력은 비밀요원들보다 더 상급의 능력들을 가지고 있었는데, 중국도 이런 CIA의 지원 조직이나 처리 조직에 해당하는 흑검이란 조직을 가지고 있었다.

비록 많은 인원은 많지 않았지만 흑검의 요원들은 어려서부터 무술을 익힌 고수들이었다.

첨단 과학이 발달한 현대에 무술이 무슨 소용이냐 생각하겠지만 비밀요원들 사이에선 또 그렇지 않았다.

첨단 무기도 무기이려니와 개인의 신체 능력도 상당히 중요했다.

비밀요원은 드러내 놓고 활동을 할 수 없다 보니 첨단 장치보다도 오히려 개인의 신체 능력이 작전의 성공을 좌우할 때가 많았다.

그렇기 때문에 어려서부터 무술을 연마한 흑검의 요원들이 무서운 것이다.

비슷한 신체 능력일 때 어려서부터 수련한 그들은 서양의 다른 나라의 요원들을 능가하였다.

물론 그들의 승패는 공식적으로 공개된 것은 없지만 각 트러블을 일으켰던 국가의 정보단체 수장들은 잘 알고 있었다.

그런 중국의 국안부 특무조직인 흑검의 일 개 팀이 한국에 들어온 것이다.

하지만 국정원에는 그들을 막을 수 있는 조직이 없었다.

다른 나라들은 비밀요원들 외에도 흑검과 같은 조직을 따로 운영을 하지만 한국의 국정원은 그렇지 못했다.

예전 국정원이 중앙정보부나 국가안전기획부(안기부)일 때에는 그런 조직이 있었다.

그렇지만 이들 조직의 무분별한 권력 남용으로 인해 피해가 너무도 심해 부총리급이던 수장의 직위를 장관급으로 낮추면서 예산도 많이 삭감했다.

뿐만 아니라 부장직속의 특수조직도 그 위험성 때문에 패지되었다.

사실 어떻게 보면 민주주의 사회에서 이런 비밀조직의 운용이 결코 좋다고 말할 수는 없지만, 국가 안보를 위한 측면에서 생각을 한다면 너무도 아쉬운 일이었다.

이전의 권력자들이 잘못 사용해 그런 폐단이 생긴 것뿐이지 만약 그런 비밀조직이 잘못된 것이라면 미국이나 영국 등 선진국에서 그런 조직을 무엇 때문에 폐지하지 않고 운용을 하겠는가. 다 필요하니 그런 것이다.

그런데 자신의 작은 권력을 놓지 않으려는 일부 위정자들 때문에 그들의 억압과 박해를 받았던 이들은 또다시 되풀이 하지 않으려 그들의 순기능을 알면서도 폐기하였다.

그 때문에 현재 중국의 특수조직이 한국의 과학자를 납치 또는 테러를 하러 온 것을 알면서도 국정원에서는 그들을 막을 수가 없었다.

그래서 김세진 원장은 대통령에게 보고를 하여 군대의 도움을 청한 것이다.

김세진 원장의 요청에 윤재인 대통령은 자국 과학자들을 보호하기 위해 군 특수부대인 SA를 출동을 시켰다.

정보조직에 CIA처리반이나 중국 국안부의 흑검과 같은 조직이 있듯 각 나라의 군대에도 많은 특수부대들이 있었다.

대한민국은 현재 전쟁이 끝난 평화시기가 아닌 휴전인 상태.

비록 70년 가까이 전쟁이 중지된 것이지만, 현재 경제 사정이 좋지 못한 북한은 수시로 대한민국을 도발하고 있었다.

한때 북한과 평화로울 때도 있었다.

그때만 해도 사람들은 북한과 대한민국이 곧 통일을 할 것이란 장밋빛 청사진을 그리기도 하였다.

그래서 정부는 감음으로 인해 식량 사정이 좋지 못해 아사자가 발생하자 구호품을 전달하고 많은 식량을 원조해 주었다.

그렇지만 북한은 바뀌지 않았다. 필요할 때만 대한민국에 동포니 뭐니 하며 경제 원조를 요구하고 정부의 요구는 차일피일 미루었다.

그리고 더 이상 정부가 그들의 요구를 들어주지 않자 적반

하장 격으로 대한민국 정부를 비난하며 서울 불바다를 만들겠다 으름장을 놓기도 하고, 또 서해 연평도에 포격을 가하는 등 도발을 하였다.

그뿐만이 아니다. 그들은 경제난에 허덕이면서도 대한민국 정부가 지원해 준 지원금을 가지고 뒤로 빼돌려 전용을 하였다.

한반도 비핵화 선언을 하였으면서도 대한민국 정부 몰래 핵무기를 계속해서 연구했던 것이다.

나중에 이러한 사실을 알게 된 대한민국 군은 안보를 위협하는 북한의 핵시설을 직접 타격하기 위해 특수부대를 꾸렸다.

그것이 바로 SA인 것이다.

특수부대를 가리키는 스페셜포스(Special Force)와 명수, 고수라는 의미의 에이스(ACE)의 앞 글자를 따 SA라 명명하였다.

대한민국 특수부대 중의 최고들만 가지고 꾸린 부대이니 참으로 이름에 걸맞는 부대였다.

그런데 이들 SA부대원들의 특징이 중국 국안부의 흑검들과 비슷했다.

SA부대원들은 어려서부터 한국 고유의 무술을 배웠거나

비슷한 무술들을 배운 고수들이었다.

김세진 원장은 이렇게 흑검들이 노리고 있는 과학자들을 보호하기 위한 조치를 취하고 또 다른 작전에 들어갔다.

그것은 바로 SA대원들에게 과학자들을 경호하게 하면서도 또 다른 적인 CIA에 흑검들의 정보를 흘려 그들이 현재 과학자들을 노리고 있음을 알렸다.

CIA도 한국의 과학자들을 노리고 있음을 잘 알고 있지만 굳이 자신들의 전력으로 많은 적을 상대하기보단 저들끼리 싸움을 붙여 어부지리를 노리기로 하였다.

더욱이 과학자들을 노리는 이들이 미국이나 중국만이 아니라 일본도 있고, 또 러시아나 영국의 특수요원들도 있음을 잘 알고 있기 때문이다.

"눈치 못 채게 흘렸으니 저희를 의심하지는 않을 것입니다. 아니, 그래도 조금 의심은 하겠지만 저희의 한계를 잘 알고 있는 도널드 지부장이라면 알고도 무시할 공산이 큽니다."

김기춘 2차장은 걱정 말라는 식으로 말을 하였다.

그렇지만 눈치가 빠른 도널드 지부장이 의심을 할 수도 있지만, 그의 성향을 생각하면 자신들을 무시하고 작전을 펼칠 것이라 주장하였다.

김세진 원장은 그런 김기춘 2차장의 말을 곰곰이 생각하다 고개를 끄덕였다.

확실히 도널드 CIA한국 지부장이라면 충분히 그럴 위인이었다.

자국 미국을 위해서라면 어떤 파렴치한 일도 마다하지 않는 위인이었다.

그리고 자신들의 힘을 너무도 잘 알고 있는 위인이기도 했다.

그러니 김기춘 차장의 말대로 어쩌면 국정원의 힘을 무시하고 흑검들을 상대하기 위해 조치를 취할 것이 분명했다.

"좋아! 저들은 천하 컨소시엄의 과학자들을 군에서 보호하고 있다고만 예상하지 특수부대에서 경호를 하고 있다고는 생각지 못할 거야."

김세진 원장은 앞에 있는 1차장과 2차장이 자신의 최측근이라고 하지만 SA에 대한 이야기는 일절 하지 않았다.

사람의 일이란 것은 알 수 없는 일이기에 굳이 SA를 언급할 필요는 없었다.

이들에게도 SA는 비밀이기 때문이다.

4.
일신그룹의 반격

천하그룹은 국방부가 주관하는 차세대 주력전차 개발 사업에 산하의 천하 디펜스를 포함한 컨소시엄이 개발한 전차가 정식으로 선정이 되면서 그룹 전체에 영향을 미쳤다.

무려 10조 원에 달하는 사업에다, 주체가 천하 디펜스가 주축이 된 컨소시엄이다 보니 그룹 전체 계열사가 그 영향을 받아 주식이 오른 것이다.

더욱이 천하 컨소시엄이 개발한 전차에 들어가는 핵심 부품에 해당하는 플라즈마 실드 발생 장치를 생산하는 업체로서 천하그룹 산하에 만들어진다는 소문이 돌면서 천하그룹의 주식은 연일 상종가를 치고 있었다.

국방부에서 육군이 빠른 시일에 K—3백호라는 정식 제식명을 받은 천하 컨소시엄의 전차를 인도받기를 원했다.

M48계열의 전차가 너무도 노후 되어 더 이상 정비해 사용할 수 없을 정도가 되었기 때문이다.

사실 M48계열 전차는 이미 사용 수명을 넘겼다.

아니, 그 이후에 개발된 M60전차 역시 미국이나 수입한 나라들까지 모두 퇴역을 하였다.

그런데 한국만이 M60도 아니고 보다 먼저 개발된 M48계열의 전차를 정비해 사용했다.

더군다나 한국이 운용 중인 M48전차는 105㎜포를 가진 전차였다.

보다 성능이 뛰어난 K—1전차나 K—1A1전차도 현대전에 맞지 않는 105㎜전차다.

그 말은 현대전에 맞지 않는 전차를 주력으로 사용하고 있었다는 소리다.

비록 K—2흑표가 주요 화력을 담당을 하였다고 하지만 숫자는 그리 많지 않았다.

원래 흑표는 이런 M48계열 전차나 K—1계열 전차의 부족한 화력을 대신할 목적으로 현대전에 맞게 개발하였지만, 여러 가지 비리와 요구 성능 미달 등 잡음이 많아 계획한 수량을 모두 생산하지 못하였다.

그래서 그 대책으로 나온 것이 이번 차세대 주력전차 개발이었고, 천하 컨소시엄에서 개발한 전차가 정식으로 K—3백호라 명명됨과 함께, 노후 된 M48계열 전차를 대체할 목적이다.

그런데 웃긴 것은 월래 K—3가 개발된 목적은 말 그대로 K—2흑표를 뺀 모든 전차를 대체하기 위한 것인데, 정작 개발하고 보니 성능이 너무도 뛰어나 전체 생산 대수에 제동이 걸리게 되었다.

참으로 아이러니 한 것인데, K—1계열 중 부족한 화력을 높이기 위해 120㎜포를 장착한 K—1A2전차와, K—2흑표를 제외한, 즉, 120㎜주포를 장착하지 않은 모든 전차를 퇴역하기로 결정했었는데, 그 계획이 수정되었다.

우선 M48계열의 전차만 퇴역하기로 한 것이다.

계획이 수정된 이유에는 한꺼번에 너무 많은 전차를 교체하기에는 예산이 충분치 않다는 것이다.

하기는 그 말도 맞았다. 새로운 전차가 개발되기까지 국방부나 군관계자들은 적어도 8—10년을 예상했다.

그들이 그렇게 예상한 이유는 K—2흑표가 그 정도 시간을 두고 개발이 된 것은 물론이고, 미국이나 독일 등도 그 정도 시간을 들여 신형 전차를 개발했기 때문이다.

그런 이유로 예산도 그렇게 계획을 하고 책정을 했는데, 생각보다 신형 전차가 일찍 개발이 완료가 되었다.

더욱이 육군이 요구한 성능을 훨씬 상회하면서 말이다.

개발 시기가 1/3 정도로 줄어들어 개발비 역시 감소하였지만, 그와 반대로 아직 전차를 주문하기 위한 예산은 아직 책정조차 되지 않은 상태다.

즉, 계획만 있을 뿐, 예산을 모으고 집행하기까지 아직 준비되지 않았다는 것이다.

그렇지만 개발이 완료된 전차를 전력화 하지 않을 수도 없기에 남은 개발비를 전용하기로 결정을 하였다.

그렇게 전용해 육군이 인도 받을 수 있는 전차의 수량은 200대 정도에 이르렀다.

물론 그 정도로 기존 M48계열 전차 모두를 교체할 수는 없었지만, 휴전선 인근 주요 작전 지역에 배치할 정도는 되었다.

국회에서 신형전차 도입에 대한 예산이 결정될 동안 그 정도로 만족해야만 했다.

너무도 뛰어난 전차가 생각보다 일찍 개발이 되다 보니 나온 상황이었다.

그렇다고 이 문제가 천하그룹의 주식 상승에 악제가 되지는 않았다.

오히려 이런 소식이 알려지자 더욱더 상승 곡선에 불을 지폈다.

그도 그럴 것이 플라즈마 실드 발생 장치는 엄청난 물건이었다.

생산 비용은 알 수는 없지만 그 가격만도 40억이나 되는 물건이다 보니 사람들의 관심이 모이는 것은 당연했다.

더군다나 플라즈마 실드 발생 장치 자체가 작은 찬합 정도의 크기 정도로 작은 공간이 있다면 어디에나 설치가 가능하다고 알려졌다.

그 말은 이번에 생산되는 신형 주력전차에만 들어가는 것이 아니라 기존의 전차에도 사용이 가능하다는 소리였다.

그리고 군 관계자들에게도 그렇게 알려졌다.

비록 40억 원이라는 비싼 가격이기는 하지만 전차 한 대 가격을 생각하면 그렇게 비싸다고 할 수도 없었다.

만약 전쟁이 발발했을 때 플라즈마 실드 발생 장치는 그 이상의 값어치를 할 것이 분명하기 때문이다.

M48계열의 전차가 퇴역을 하더라도 플라즈마 발생 장치를 K—1계열 전차에 장착을 한다면 충분히 부족한 화력을

보조할 수 있다.

K—3가 주적으로 생각하는 전차가 T—95전차다.

그런데 중국이 경제대국으로 들어서면서 러시아의 신형전차인 T—95를 데드카피를 하였다고 하지만 많은 수량을 생산하지는 못했다.

왜냐하면 국경을 맞대고 있는 러시아의 눈을 의식해서다.

비록 데드카피를 해 T—95를 생산했다고 해서 드러내 놓고 사용할 수는 없는 일이지 않은가.

예전 Su—27을 데드카피하여 생산한 J—11처럼 운용할 수는 없었다.

J—11은 구소련이 중국에 Su—27을 판매를 하고 반제품 라이센스를 주어 면허 생산을 허락했기 때문에 어느 정도 기술이 있는 상태에서 기존의 Su—27과 혼용해 사용한 것이다. 하지만 T—95는 그것과 달랐다.

러시아는 중국에 T—95를 판매한 적이 없기 때문이다.

그런데 중국이 T—95를 운용한다면 어떻겠는가.

중국이 러시아 몰래 그들의 주력전차에 대한 정보를 빼돌렸다는 사실을 인정하는 것과 마찬가지였다.

비록 중국이 러시아처럼 공산국가이기는 하지만 그렇다고 두 나라가 친한 것도 아니다.

현대에 같은 이념을 가진 국가라도 자국의 이익을 위해서라면 전쟁도 불사할 정도로 사이가 나빠지는 것이다.

실 예로 중국과 구소련은 국경을 맞대고 있으면서 몇 차례의 국지전을 하였다.

그 영향으로 구소련이 중국에 무기를 수출하지 않자 중국이 구소련의 무기들을 데드카피를 하였지만 말이다.

아무튼 막무가내인 중국도 많은 숫자의 T—95를 보유하지는 않았을 것이다.

그리고 육군은 중국이 T—95의 최대 보유 대수를 1,000대 정도로 예상을 하였다.

그래서 육군도 K—3의 보유 대수를 1,000대 정도를 요구한 것이다.

그 정도면 충분히 막강한 중국의 전차부대를 막을 수 있을 것으로 예상을 하였다.

중국의 육상 전력이 그 정도만 되는 것은 아니지만, 다른 전력이야 한국도 얼마 전 교체된 대전차 무기들이나 공격 헬리콥터로 충분히 상대할 수 있다고 자부했다.

국방부가 차근차근 준비한 것들이 요즘에 와서 그 진가를 발휘하고 있었다.

더욱이 국방부는 이번 K—3개발에 고무되어 새롭게 계획한 프로젝트가 하나 있었다.

그리고 이것은 외부에 알리지 않고 천하 컨소시엄에만 의뢰를 하였다.

그것은 예전에 시행하려다 기술 부족으로 실패한 사업이었는데, 그것은 바로 재래식 무기의 계량 사업이다.

사실 대한민국 군이 보유한 무기들 중 성공적이라 발표한 무기들 중 절반 정도는 요구 성능에 미치지 못하는 것들이다.

그 대표적인 것이 육군이 북한의 대공 침투를 막기 위해 개발한 대공전차 비룡이다.

방위산업 비리의 대표적인 물건들 중 하나로 꼽히는 비룡은 대공전차에 가장 중요한 레이더의 부실로 해가 떨어진 저녁에는 무용지물이었다.

뿐만 아니라 협곡이 많은 한국의 지형과는 맞지 않아 낮에도 운용이 쉽지 않다.

이뿐만 아니라 해군의 상륙함도 설계 부실로 인해 근접방어무기체계(CIWS)인 골키퍼를 발사하면 상륙함 갑판을 공격하게 되어 이 또한 문제로 일컬어지고 있다.

그리고 대함미사일인 해성과 어뢰인 백상어와 청상어 역시 알려진 것보다 성능이 많이 떨어지는 무기였다.

그래서 국방부에서는 이러한 무기들의 개량을 천하 컨소시엄에 의뢰를 한 것이다.

비록 많은 예산이 들겠지만 엄청난 예산을 들여 생산한 무기들을 썩힐 수는 없는 일 아니겠는가. 그래서 비밀리에 이를 의뢰하였다.

만약 이 사실이 외부에 알려지게 된다면 국방부는 물론이고 현 정부는 많은 비난에 휩싸일 것이 분명했다.

비록 현 정부의 잘못으로 그리된 것은 아니지만, 이전 정부를 승계한 것이 현 정부이니 어쩔 수 없었다.

만약 이러한 비난을 피하기 위해 이전 비리를 저지른 정부에 비난의 화살을 떠넘긴다면 대한민국 정부의 정통성을 해치는 일이기 때문이다.

잘못을 저질렀어도 정부는 그것을 그대로 받아들일 수밖에 없었다.

현 정부가 할 수 있는 일은 비난을 하는 사람이 있으면 그 비난을 겸허히 받아들이고, 책임소재를 따져 비리를 저지른 당사자를 법에 따라 심판하면 되는 일이다.

그것만이 정통성을 해치지 않는 범위에서 자신들이 할 수 있는 최선인 것이다.

"정 회장님, 플라즈마 실드 발생 장치는 전략물자로 지정이 되어 외부로 수출을 할 수 없습니다."

한 남성이 정대한 회장을 보며 그렇게 말을 하였다.

"그건 당연한 일입니다. 수용하겠습니다."

천하그룹 정대한 회장은 방위산업청 청장과 면담을 하고 있었다.

그가 방위산업청장을 만나 면담을 하는 이유는 국방부에서 내려온 공문 때문이었다.

공문의 내용은 첫 장은 그의 마음을 흡족하게 만들었다.

신형전차를 빠른 시일에 인도를 해 달라는 내용이었기 때문이다.

초기 인도 분이 무려 200대나 되었다.

내부에서 120억으로 책정이 된 K—3백호를 200대나 주문을 한 것이다.

사실 천하그룹 내에서도 처음 K—3백호를 개발하고 또 선정이 되었을 때 무척이나 기뻐하였다.

하지만 기쁨도 잠시 일각에서 정부 예산에 대한 이야기가 나왔다.

아직 준비도 되지 않은 사업이었기 때문이다.

그리고 그것이 정부의 잘못이 아닌 자신들이 너무도 이른 시간에 신형전차를 개발했기 때문에 나온 문제란 것을 알았을 때는 정말 할 말을 잊었다.

신형전차 개발이 빨리 끝나 개발비가 적게 들어간 것이 천하그룹으로서는 참으로 다행한 일이었다.

만약 그렇지 못했다면 지금 일신그룹 꼴이 될 것이 분명했기 때문이다.

현재 일신그룹은 천하그룹을 꺾기 위해 뛰어들었던 차세대 주력전차 개발에서 천하그룹에 밀렸다.

그 때문에 그들이 신형전차 개발에 투입한 개발비는 한 푼도 건지지 못했다.

일신그룹의 피해는 단순 개발비를 건지지 못한 것으로 끝나지 않았다.

이러한 소식이 외부로 알려지면서 일신그룹의 관련 기업들의 기업 가치가 큰 폭으로 떨어졌다.

연일 상종가를 치는 천하그룹에 비해 폭락한 주식 때문에 일신그룹의 기업 가치는 예전에 비해 많이 떨어졌다.

아무튼 기분 좋게 공문을 읽던 정대한 회장은 그 뒷장에 차후 전차 생산에 차질을 빚을 내용을 읽고 이렇게 방위산업청을 찾을 수밖에 없었다.

정대한 회장도 K—3백호의 핵심 장치 중 하나인 플라즈마 실드 발생 장치의 가치를 잘 알고 있다.

그 때문에 그것이 외부로 유출이 되었을 때 얼마나 위험할지 잘 알기에 방위산업청에서 전략물자로 지정을 하고 외부 유출을 막은 이유를 인정했다.

그렇지만 K—3백호의 1차 인도가 끝나고 2차 생산분 인도 시기가 너무도 멀었다.

전차의 판매가는 단순 생산 비용만 들어가는 것이 아니다.

그 가격 안에는 전차의 개발비도 포함이 되어 어느 정도 수량이 판매가 되어야 손익 분기점을 넘어야 흑자가 되는 것이다.

그런데 천하그룹에서 이번 차세대 주력전차 개발에 투입한 예산을 넘어 흑자가 되기 위해선 600대를 육군에 인도를 한 뒤부터였다.

그것도 정상적으로 인도가 완료되었을 때에 한해서다.

아무리 재무 구조가 탄탄한 천하그룹이라고 하지만 자금의 흐름이 막히면 흔들릴 수밖에 없다.

더욱이 이번 사업에서 탈락한 일신그룹이 순순히 자신들의 패배를 받아들이고 앉아 있지 않을 것이 분명했다.

천하그룹이 대기업이기는 하지만 일신그룹에 비하면 조족

지혈.

5위권 안의 그룹과 30위권의 그룹의 차이는 천지차이기 때문이다. 대한민국 전반에 미치는 영향력 또한 엄청난 차이를 가지고 있다.

막말로 일신그룹이 천하그룹의 자금 사정을 악화시킬 방법은 많았다.

비록 지금 경쟁에서 밀린 것 때문에 흔들리고 있다고 하지만 방심할 수는 없는 일이었다.

대마불사(大馬不死) 일신그룹이 천하그룹과 경쟁한 이번 차세대 주력전차 개발로 흔들리지만 곧 정상화 될 것이다.

더욱이 일신그룹은 사업이 실패했을 때 피해를 줄이기 위해 일본 기업들과 손을 잡았지 않은가. 정대한 회장도 이미 눈치를 채고 있었다.

일신그룹이 어떤 기업들과 손을 잡고 컨소시엄을 형성했는지 말이다.

겉으로야 일본의 중견 기업과 손을 잡은 것처럼 발표를 했지만 그것은 늑대가 양의 탈을 쓴 것이나 마찬가지였다.

경제에 관한 정보전에 한해서는 국내 재벌 순위 1위의 성삼그룹보다 더 정확한 정보를 가지고 있는 천하그룹이다.

그런 정대한에게 일신이 손잡은 일본 기업의 정체는 금방 알려지게 되었다.

이미 일신그룹이 친일본 성향의 기업이라는 것은 널리 알려졌다.

그런데 이번 컨소시엄을 형성한 면면을 살피던 정대한은 일신그룹이 단순하게 친일 성향의 기업 정도가 아님을 알게 되었다.

그러니 한순간도 일신그룹에 틈을 보이면 물리게 될 것이 분명했다.

기업이라는 것이 경쟁 상대의 약점을 물어뜯는 것은 어쩌면 당연한 일이다.

그렇지만 극우주의 일본 기업과 손잡은 일신에 뒤를 보인다는 것은 웬일인지 위험하다는 생각에 어떻게든 천하 컨소시엄의 일이 별다른 불협화음이 들리지 않게 일을 처리해야만 한다.

그래야 현재 상승세를 타고 예전의 성세를 되찾을 것이기 때문이다.

일신그룹의 공작으로 천하그룹은 제계 순위가 10계단이나 떨어졌다.

그런데 차세대 주력전차로 천하 컨소시엄의 전차가 선정이 되면서 약진을 하고 있었다.

“저희는 장관님의 약속만 믿고 신형전차를 개발하였습니다. 그런데 지금에 와서 이렇게 약속을 어기시면 어떻게 합니까?”

“그건 저도 어쩔 수 없습니다. 예산이 안 되는 것을 어떻게 하겠습니까?”

정대한 회장의 말에 청장도 어쩔 수 없다는 이야기를 하였다.

사실 산업청장의 말이 틀린 말도 아니다.

예산이 없는 것을 어떻게 하겠는가. 그렇다고 다른 사업에 계획되어 있는 예산을 돌려 천하 컨소시엄에 넘길 수도 없는 문제 아닌가.

“그렇다면 이렇게 하는 것은 어떻습니까?”

“어떻게 말입니까?”

정대한 회장은 방위산업청으로부터 공문이 날아온 뒤 급하게 전체 간부회의를 하였다.

아직 신형전차 도입에 대한 예산을 확보하지 못했다는 공문이 날아온 것에 대한 대책회의를 하기 위해서다.

웅성! 웅성!

"이게 말이 되는 소립니까?"

"맞습니다. 아니, 무슨 예산도 확보하지 않고 기업들에게 일을 시키는 것인지……."

회의장에 모인 사람들은 무언가 화가 난 듯 떠들고 있었다.

"모두 조용! 시끄럽게 떠들지 말고 대책을 내놔!"

정대한 회장은 떠들기만 하고 대책에 대한 안건을 하나도 발표하지 않는 이사들을 보며 그렇게 호통을 쳤다.

하지만 자리에 있는 이사들이라고 뚜렷하게 문제를 해결할 방법이 없었다.

물건을 구매해야 할 당사자가 아직 물건 값을 준비하지 않았다고 하는데 거기에 대고 자신들이 어떻게 대책을 세운다는 말인가?

잠시 회의장 안이 조용해졌다. 괜히 나섰다가 독박을 쓸 수도 있기 때문이다.

그렇지만 아무런 대책을 내놓지 않고 시간만 잡아먹고 있다가는 더 큰 불호령이 떨어질 것을 잘 알기에 이사들은 현재 전전긍긍할 수밖에 없었다.

앞을 보나 뒤를 보나 꽉 막혀 해결책이 보이지 않았기에 어쩔 수 없었다.

"저……."

"무슨 할 말이라도 있나? 정수현 이사?"

정대한은 현재 천하 디펜스의 이사를 맡고 있는 자신의 손자를 보며 물었다.

"예, 정부에서 받아들일지는 모르지만 이렇게 하는 것은 어떻겠습니까?"

"어떻게 말인가?"

정수현은 자신의 할아버지이자 그룹 회장인 정대한의 물음에 자신의 생각을 말했다.

"저희 그룹이 납부할 세금의 일부를 현금이 아닌 현물로 납부하는 것입니다."

"뭐라고?"

정대한은 자신의 손자의 말이 쉽게 이해가 가지 않았다.

세금을 현찰이 아닌 현물로 낸다는 말이 선뜻 그의 머릿속을 들어오지 않았기 때문이다.

그러다 잠시 그 말을 곱씹으며 생각을 해 보았다.

천하그룹이 나라에 납부해야 할 세금이 상당했다.

일 년에 찬하그룹의 총 세금 납부 규모는 5조 5천억 원 정도.

자신들이 납부할 세금 전체를 현물로 처리할 수는 없겠지만 만약 그중 일부만 가능해도 충분히 해볼 만한 일이었다.

"음……."

정수현 이사의 말을 들은 이사들도 처음에는 고개를 갸웃거리다 어떤 생각이 들었는지 고개를 끄덕이고 있었다.

정부가 자신들의 제안을 받아들여도 좋고, 그렇지 않아도 상관이 없었다.

다만 정부에 직접 제안을 하기보단 이번 사업의 주체인 국방부를 통해 제안을 하는 것이 좋을 것이다.

"그런데 우리의 제안을 정부에서 받아들일까?"

"저희가 직접 정부에 제안을 하기보다는 국방부를 통해 하는 것이 어떻겠습니까? 뿐만 아니라 육군에도 저희의 생각을 슬쩍 흘린다면 그들이 더 저희의 입장을 좋게 설명할 것입니다."

자신의 생각을 살짝 말을 했는데, 할아버지와 주변에 있는 이사들도 반응을 보이자 정수현은 머릿속에 생각한 모든 것을 끄집어내 설명을 하였다.

그런 정수현 이사의 말에 사람들은 모두 눈이 커졌다.

진짜 사람이 달라 보였다. 정수현 이사가 똑똑하기는 하지만 좀 가벼운 사람이었다.

주변의 아첨하는 사람들의 말에 휩쓸리던 이였는데, 어느 순간 사람이 달라졌다.

연이은 프로젝트의 실패로 전전긍긍하던 이가 몇 번의 기회로, 이제는 낙하산이 아닌 정말로 직책에 맞는 그런 위인이 되어 있었던 것이다.

정대한 회장은 자신의 손자가 언제 저리 컸는지 무척이나 대견했다.

"그래, 정수현 이사의 안건처럼 처리하는 것이 이 시점에서 가장 좋을 것 같군!"

"그렇습니다."

정대한 회장의 말에 다른 이사들이나 사장들도 고개를 끄덕였다.

현재 뚜렷한 대책이 없는 상태에서 그런 시도를 해 보는 것도 가장 좋은 것이기 때문이다.

정부에서 자신들의 제안을 들어주면 좋고 그렇지 않으면 일단 자신들의 사업 계획대로 프로젝트를 추진하다 벌어진 일이니 국방부에서도 자신들을 도와줄 것이라 생각하였다.

와장창!

자신의 사무실로 들어온 신원민의 얼굴은 붉다 못해 검붉게 달아올라 있었다.

"사장님! 진정하십시오."

보다 못한 비서가 흥분한 신원민을 진정시키기 위해 나섰다.

그렇지만 그런 비서의 노력에도 잔뜩 흥분한 신원민을 진정시키기 위해서는 역부족이었다.

"진정? 내가 지금 진정하게 생겼어?"

퍽! 퍽! 퍽!

비서의 진정하라는 말에 고함을 지르고는 들고 있던 골프채로 사무실 집기들을 부셨다.

그나마 다행이라면 아무리 흥분한 상태더라도 들고 있던 골프채로 자신을 말리는 비서에게 휘두르지 않는다는 것이었다.

사실 지금 신원민이 흥분한 것은 요즘 돌아가는 그룹의 사정 때문이었다.

이미 진즉 후계 구도를 구축하고 자신의 경쟁 상대도 아니라 생각했던 신영민의 이름이 거론되고 있었다.

자신이 차세대 주력전차 개발 사업에 실패를 하자 이때다 싫었는지 신영민이 수작을 부렸다.

더욱이 쥐새끼 같은 신영민이 어떻게 구워삶았는지 모르겠지만, 자신의 아버지이자 일신그룹 회장인 신상욱이 자신의 일 일부를 신영민에게 넘기게 했다는 것이다.

한참 집기를 부시고 나니 어느 정도 진정이 되었다.

"이것들 좀 치워."

진정이 되자 어수선하게 늘어진 집기들을 보며 치우라는 지시를 하였다.

"알겠습니다."

신원민의 비서는 그의 명령이 떨어지자 바로 사무실을 나갔다 들어왔다.

그가 밖에 나갔던 이유는 신원민의 지시대로 사무실을 청소할 인원을 부르기 위해서다.

곧 그의 뒤로 비서실 직원 두 명이 들어와 부셔진 집기들을 치우고 또 다른 인원이 들어와 새로운 집기들을 배치하였다.

사무실은 언제 그랬냐는 듯 깨끗하게 정리가 되었다.

사무실을 정리한 직원들이 나가고 남은 비서실장은 신원민을 돌아보았다.

또 다른 지시를 기다리는 것이다.

언제나 조용히 신원민이 원하는 것을 착착 챙겨 주는 그였지만, 지금은 가만히 신원민이 뭔가 지시를 할 때까지 조용히 있었다.

오랫동안 신원민을 보필하다 보니 흥분을 가라앉히고 있는 지금이 가장 그가 예민할 때라는 것을 잘 알고 있기 때문이다.

괜히 이때 잘못 끼어들어 그가 생각을 정리하고 있는 것을 방했다가는 어떤 불호령이 떨어질지 누구보다 잘 알고 있는 그였다.

지금 그가 비서실장의 자리에 앉기 전 선임은 그런 신원민의 성격을 알지 못하고 과잉 충성을 하다 쥐도 새도 모르게 사라졌다.

전임자의 잘못은 그저 신원민이 뭔가 생각을 정리하고 있을 때 방해했다는 것뿐이다.

사실 그것도 전임자의 잘못만은 아니었다.

시급하게 처리할 일이 있어 그것을 보고하려고 하는 때 그의 생각을 방해한 것이다.

그때도 신원민 사장이 싫어하는 신영민 일신제약 사장과의 문제로 얽혀, 신상욱 회장에게 꾸지람을 들은 뒤였다.

그랬기에 비서실장은 자신의 전임자가 저지른 실수를 하지

않기 위해 조심을 했다.

그리고 그런 비서실장의 생각은 참으로 현명한 선택이었다.

누구의 방해도 받지 않고 생각에 잠겨 있던 신원민은 이번 일이 벌어지게 된 원인을 분석하고 있었다.

'감히 본사에 발도 붙이지 못했던 그놈이 어떻게 해서 회장실에 앉아 있던 것이지?'

조금 전 본사 회장실에 들어갔던 때가 생각난 신원민은 눈빛이 무척이나 차가워졌다.

만약 눈빛으로 사람을 죽일 수 있다면 아마 신원민은 지금 살인을 벌일 수 있을 것처럼 눈빛에 살기가 충만하였다.

"넌 이번 컨소시엄에서 그만 손을 떼거라!"

"그게 무슨 말씀입니까? 비록 저희가 개발한 것이 선택이 되지 않았다고 하지만 다른 나라에 넘긴다면 충분히 이번에 손해를 본 것들을 만회할 수 있습니다."

"그걸 방위산업청에서 그냥 두고 볼 것 같아?"

"넌 조용히 있어! 어디서 주제도 모르고 끼어드는 거야!"

"왜? 내가 못할 말했나? 나도 엄연히 대일신그룹의 계열사 사장이라고. 그 정도는 이야기 할 수 있는 것 아니야?"

"영민이 말도 맞는 말이다. 그룹 사장단 일원 중 한 명인 영민이 가 못할 말을 한 것도 아니고, 또 틀린 말도 아니다. 아니, 정부에서 허락을 하더라도 그들이 응하지 않는다면 다른 나라에 판매를 할 수도 없다."

"아버지! 그건 염려하지 않아도 돼요. 미쓰비 중공업 쪽에 제 인맥이 있어서 잘만 이야기 하면 가능할 거예요."

"너에게 그런 인맥이 있었냐?"

"네, 미국에 유학을 할 때 동기 중 한 명이 바로 미쓰비 가문의 사남입니다. 현재 미쓰비 중공업 후계자 선정 문제로 좀 힘들어 하는데, 저희가 조금 힘을 실어 준다면 저희 요구를 들어줄 겁니다. 이번 선정 탈락으로 그들도 상당한 손해를 봤으니 그것을 만회하기 위해 돌파구를 찾고 있을 것입니다."

"허허, 마냥 어리게만 봤는데, 그런 인맥도 가지고 있었구나! 그래, 네가 그 문제를 맡아 봐라!"

"감사합니다, 아버지!"

"여긴 회사다. 아버지라고 하지 말고 회장님이라고 불러."

"예, 죄송합니다. 회장님."

"그래, 그래, 그 문제는 영민이가 맡고 신원민 사장은 그 문제는 여기 일신제약 신 사장에게 맡기고 다른 일봐!"

신원민은 한 시간 전 본사 회장실에서 있었던 일을 회상하였다.

그리고 마지막 아버지의 말을 듣고 미소를 짓던 자신의 배다른 동생인 신영민의 모습이 떠올랐다.

그렇지만 지금은 아까 전처럼 흥분하지는 않았다.

한차례 화를 풀었기 때문인지 지금은 냉정하게 사태를 파악할 수 있었다.

'아무리 우리가 개발한 전차가 탈락을 해도 방위산업청에서 쉽게 전차의 설계도를 외부에 유출하는 것을 허락할 리가 없다.'

신원민이 생각하기에 분명 방위산업청에서는 절대로 그것을 허락하지 않을 것이다.

만약 잘못되어 중국이나 북한에 자신들이 개발한 전차의 설계도가 넘어가게 된다면 어떤 사태가 벌어질지 모르기 때문이다.

기껏 전차 부문에서 우위를 점할 수 있게 되었는데, 그 차이를 순식간에 좁힐 수 있기 때문이다.

신원민은 자신들이 개발한 전차가 절대로 천하 컨소시엄에서 개발한 전차보다 그리 뒤떨어지지 않는다고 생각하고 있었다.

다만 플라즈마 실드 발생 장치라는 생각지도 못한 오버 테크놀로지 때문에 탈락한 것이지, 그것만 없었다면 자신들이 개발한 전차가 대한민국 주력전차로 선정이 되었을 것이라 생각했다.

그리고 그 말은 어느 정도 신빙성이 있었다.

사실 일신 컨소시엄에서 개발한 전차와 천하 컨소시엄에서 개발한 전차를 비교했을 때, 플라즈마 실드 발생 장치를 제외한 채 비교해 보면 그렇게 많은 차이를 보이지 않았다.

주포의 화력에서는 천하 컨소시엄이 개발한 백호가 조금 더 우수하지만 차체 방어력만 놓고 본다면 일신 컨소시엄에서 개발한 대호가 더 단단하였다.

물론 그것은 전면장갑에 한해서이지만 말이다.

일신 컨소시엄에서 개발한 전차 대호는 장갑 방어력을 높이기 위해 신소재를 개발하기는 하였지만 그 무게가 기존의 세라믹장갑보다 더 무거워졌다.

더욱이 T—95의 무지막지한 화력을 막기 위해선 더욱 두터운 장갑을 채택하였다.

그런데 여기서 문제가 발생했다.

T—95의 화력을 막기 위해 두터운 장갑을 채택했는데, 그렇게 되면 전차의 중량이 너무도 무거워졌다.

너무 무거워진 전차의 중량으로 인해 혼타에서 개발한 2,200마력짜리 엔진도 육군이 요구한 기동성에 미치지 못하게 되었다.

그 때문에 일신 컨소시엄의 연구원(미쓰비 중공업)들은 전차의 중량을 줄이기 위해 측면 장갑과 후면 장갑의 방어력을 과감하게 포기를 하였다.

괜히 장갑 방어력과 기동성, 두 마리 토끼를 잡으려다 이도저도 안 되기 때문에 전차전에서 가장 노출도가 많은 전면 장갑만 방어력을 기준에 맞추고, 측면과 후면은 비교적 노출이 적으니 전면에 비해 상대적으로 장갑의 두께를 줄여 전차의 전체 중량을 줄이기로 하였다.

그리고 그 선택은 최선의 선택이었다.

신형 세라믹 장갑을 전면에 집중을 하고 측면과 후면을 포기한 결과 상당한 무게를 줄일 수 있었다.

그로 인해 대호는 강력한 엔진으로 상당한 기동성을 가지게 되었다.

신원민은 처음 대호가 완성이 되었을 때 자신했다.

자신들이 만든 대호가 이번 차세대 주력전차에 채택이 될 것이라고 말이다.

그렇지만 플라즈마 실드 발생 장치라는 말도 되지 않는 것

하나로 탈락했다.

대호에 플라즈마 실드 발생 장치를 설치만 한다면 천하 컨소시엄이 개발한 백호가 차세대 주력전차로 채택되는 것이 아니라 자신들 일신 컨소시엄이 개발한 대호가 선정되었을 것이라 생각했다.

그래서 어떻게 하든 플라즈마 실드 발생 장치를 얻기 위해 방법을 모색하고 있었다.

그런데 평소 여자나 후리고 다니는 놈이 자신의 계획을 망쳐 버린 것이다.

플라즈마 실드 발생 장치만 손에 넣는다면 그룹의 힘을 동원해 로비를 한다면 이번 주력전차 선정의 결과를 뒤집을 수도 있었다.

이렇게까지 생각을 하니 가라앉았던 화가 다시금 올라오는 것 같았다.

물론 신영민의 말도 어느 정도 맞았다.

객관적으로 생각했을 때 탈락한 기종으로 인해 손해가 발생을 하였다.

정상적으로는 대호를 개발하기 위해 들어간 개발비를 되찾을 길이 없었다.

신형전차를 비록 기종 선정에서 탈락을 했다고 설계도를

외부로 유출하는 것을 그대로 두고 볼 나라는 없었다.

더욱이 컨소시엄을 형성한 미쓰비나 혼타에서 쉽게 허락할 리도 없었다.

물론 개발비로 천문학적인 돈이 들어간 것을 회수하기 위해서 허락을 할 수도 있다.

하지만 그들도 대호의 설계도가 중국이나 북한에 들어가는 것은 원하지 않을 것이다.

일본은 현재 날로 팽창하고 있는 중국과 센카쿠 열도를 두고 영토분쟁 중이니 말이다.

그런 중국에 대호의 설계도가 들어간다면 호랑이에게 날개를 달아 주는 격이기 때문이다.

이런저런 생각을 하던 신원민은 갑자기 뭔가 뇌리를 스치고 지나가는 생각이 있었다.

'아! 내가 왜 그 생각을 못했지?'

신원민은 그동안 천하 컨소시엄에서 개발한 플라즈마 실드 발생 장치를 얻은 뒤 그룹의 힘을 동원해 자신들의 전차에 탑재를 한 뒤 판세를 뒤집으려고만 생각을 했었다.

그런데 굳이 그렇게 할 필요가 없이 그것을 자신들도 사용할 수 있게 로비를 하는 것이 어떤가, 하는 생각을 하게 된 것이다.

어차피 플라즈마 실드 발생 장치는 전차의 성능과 아무런 연관이 없는 장치이니 이것을 거론해 플라즈마 실드 발생 장치를 자신들도 사용하게 할 수만 있다면 충분히 결과를 뒤집을 수 있다는 생각을 하게 되었다.

다방면에 분포되어 있는 자신들의 동조 세력에 로비를 한다면 충분할 것도 같았다.

이런 생각이 들자 이복동생인 신영민이 움직이기 전에 먼저 움직일 필요가 있었다.

"김 실장!"

"예?"

"황준표 의원에게 연락해서 오늘 좀 만나자고 약속 잡아!"

"알겠습니다."

비서실장은 신원민의 지시에 어떤 반문도 없이 바로 대답을 하였다.

그런데 신원민이 말한 황준표 의원은 여당의 실세로 차기 대권후보로 거론되고 있는 인물이었다.

다만 여당 의원이면서도 현 대통령인 윤재인과는 관계가 좋지 못했다.

그건 황준표 의원이 국가와 민족을 먼저 생각하기보다는 친기업인 정책을 우선으로 하는 성향을 보이기 때문이다.

기업이 살아야 나라가 산다는 미명 아래 과도하게 대그룹에 유리한 정책들을 채택하는 데 앞장선 인물이다.

그러다 보니 대기업의 CEO들에게 황준표는 든든한 동지이지만, 여러 가지 정책으로 대기업이 사업 확장에 제동을 거는 윤재인 대통령은 꺼려지는 정치인이었다.

◈ ◈ ◈

웅성! 웅성!

청담동의 한 카페는 지금 손님들로 인산인해를 겪고 있었다.

유명 연예기획사가 몰려 있는 거리라 이곳에 많은 카페들이 들어서 있었다.

분위기도 좋고 또 자신이 좋아하는 연예인을 보기 위한 팬들이 자주 찾다보니 자연스럽게 청담동의 명물로 카페거리 만들어졌다.

그렇지만 이 카페만은 평소 손님이 별로 없었다.

그도 그럴 것이 카페거리에 위치해 있기는 하지만, 카페가 들어선 지 얼마 되지 않았고, 또 외각에 자리하고 있어 연예인도 잘 찾지 않는 그런 곳이었다.

그나마 카페에서 판매하는 음료나 메뉴들이 다른 가게에 비해 저렴했기에 돈이 부족한 학생 팬들이 가끔 찾을 뿐이었다.

그런데 그러던 카페에 대박이 터졌다.

장사도 되지 않아 한 사람이 카페 이층을 두 시간 전세를 내겠다고 했을 때 흔쾌히 수락을 하였다.

이달 가게세가 걱정이었는데 참으로 다행이란 생각에 승낙을 했는데, 그게 참으로 잘한 선택이었다.

그저 비싼 월세 얼마를 벌 목적이었는데, 전세를 낸 손님의 정체가 바로 대한민국 최고의 유명인사인 파이브돌스였던 것이다.

처음 가게에 전세를 낸 사람은 파이브돌스가 아니었지만 어찌 된 일인지 그 사람과 함께 온 손님이 바로 파이브돌스였던 것이다.

그리고 그때부터였다.

파이브돌스가 카페에 나타났다는 소문이 났는지 지금 일층 매장은 문전성시를 이루고 있었다.

뿐만 아니라 가게 문밖에도 사람들이 줄을 서서 빈자리가 나기만을 기다리고 있을 정도였다.

유명 연예인이 나타났다고 예전처럼 팬들이 막무가내로 민

폐를 끼치는 경우는 이젠 거의 찾아볼 수 없었기에 가게 주인은 홀과 창문으로 보이는 가게 밖의 풍경에 흡족한 미소를 흘리고 있었다.

"미스터 양, 어떻게 됐어? 준비 아직 안 끝났어?"

이곳 카페 사장인 진영은 파티시에인 양준영에게 소리쳤다.

진영이 양준영에게 소리친 이유는 바로 그가 준비하고 있는 케이크와 쿠키들이 바로 이층에 있는 파이브돌스과 그 일행이 주문한 것이기 때문이다.

그리고 파티시에인 양준영에게 말을 하면서 그의 머릿속으로는 파이브돌스가 가고 난 뒤 오늘의 호황을 어떻게 더 누릴 수 있을지에 대한 생각으로 복잡하게 돌아가고 있었다.

이런 진영에게 뭐라고 할 수도 없었다.

그동안 청담동 카페거리에 입점을 하면서 돈을 벌 것만 같았던 그에게 벌이는 생각보다 못해 그동안 많은 돈을 까먹고 있었기 때문이다.

야심차게 이곳 청담동 카페거리에 가게를 오픈하고 또 제대로 배운 파티시에를 고용하면서 뒤늦게 입점을 하는 것이라 조금 과하게 투자를 했다.

그런데 자리 때문인지 생각보다 운영은 쉽지 않았다.

그렇다고 그가 취급하는 음료나 파티시에의 내놓는 케이크나 쿠키들이 못하지 않았다.

아니, 이 근방에 자리한 동종 업종의 가게들보다 더 고급스러운 분위기와 메뉴를 가지고 있었다.

그렇지만 위치가 문제였다.

위치가 위치이다 보니 고급메뉴와 저렴한 가격에도 매상은 월세를 내기에도 빠듯했으니 진영이 이런 생각을 하는 것도 어쩌면 당연한 것이다.

그러던 차에 파이브돌스처럼 유명인사가 자신의 가게를 찾고 또 장시간 머물고 있으니 어떻게든 그들의 마음을 얻기 위해 노력을 하였다.

진영이 아무리 다그쳐도 파티시에인 양준영은 마치 장인이 작품을 만들듯 이층에서 주문한 케이크에 장식을 하나 하나 올렸다.

"조금만 기다려요. 금방 완성이 되니 너무 재촉하지 마세요. 저도 바빠요."

양준영은 케이크에 마지막 장식을 올리며 고개를 돌리며 소리쳤다.

"다 되었으니 가지고 가세요."

"너! 일단 이거 가져다주고 두고 보자!"

진영은 양준영의 뻔뻔한 말에 화가 나는 듯 두고 보자는 말을 하고 얼른 그가 완성한 케이크를 들고 이층으로 향했다.

그런데 양준영의 자부심 섞인 말마따나 그가 완성한 케이크는 하나의 예술이었다.

케이크 위에 올려진 데코레이션 하나, 하나가 꼭 그 자리에 있어야 할 자리에 자리하고 있어 보기에 좋았다.

그래서 그런지 진영이 케이크를 들고 홀을 지나 이층으로 향할 때 홀에 있던 손님들도 파이브돌스가 어떤 주문을 했는지 돌아보고는 탄성을 질렀다.

"와!"

그런 손님들의 탄성에 케이크를 만든 준영은 물론이고 이층으로 향하는 진영 또한 입가에 미소를 지었다.

자신의 작품과 자신의 가게에서 제공하는 케이크에 대한 손님들의 반응에 자부심을 느꼈다.

그리고 그건 이층에 있던 파이브돌스의 반응에 최고조에 올랐다.

"와! 이게 우리가 주문한 초코무스 케이크이야?"

파이브돌스의 막내 루나가 눈을 반짝이며 진영이 들고 온 케이크를 보고는 그렇게 소리쳤다.

"그러게 그냥 먹기 아까워 보인다."

루나에 이어 다른 멤버들도 먹기 아깝다고 떠들고 있을 때 그런 멤버들의 생각에 초를 치는 사람이 있었다.

"우리 오늘 컴백했다. 너무 많이 먹으면 티 난다. 적당히들 먹어!"

"알았어요."

"알았어, 누가 리더 아니랄까 봐, 여기서 그러기냐?!"

"그래, 누나. 솔직히 누나들 너무 말랐어. 좀 먹고 살 좀 찌워야 더 보기 좋아."

"옳소!"

"그래, 수한이 말이 맞아! 우린 너무 말랐어! 아프리카 난민처럼…… 흑흑흑!"

수정이 고열량의 초코무스 케이크에 정신을 못 차리는 멤버들에게 경고를 하자 여기저기서 저항의 목소리가 들려왔다.

그리고 수한은 빙그레 미소를 지으며 다른 멤버들의 목소리에 힘을 실어 주었다.

"오! 수한이를 국회로!"

급기야 자신들의 말에 동조해 주는 수한을 국회로 보내자는 말까지 나왔다.

"하하하하."

"호호호호."

루나의 장난스러운 말에 수한은 급기야 큰 소리로 호탕하게 웃었고 루나의 과장된 표현에 다른 멤버들도 웃었다.

◈ ◈ ◈

"의원님, 여깁니다."

신원민은 약속 장소로 잡은 청향의 실내로 들어오는 황준표 의원을 입구에서부터 맞으며 그를 안내하였다.

여당의 원내총무를 맡고 있는 황준표 의원이기는 하지만 예전 같으면 이렇게까지 예우를 하지는 않았다.

일신그룹의 후계자란 자리는 그만큼 파워를 가지고 있었다.

그렇지만 현재 그의 위치가 흔들리고 또 자신이 부탁해야 하는 자리다 보니 신원민이 먼저 고개를 숙인 것이다.

"어이쿠, 신원민 사장님께서 여기까지 나와 절 맞아 주시다니 영광입니다."

자신을 향해 고개를 숙이는 신원민을 보며 황준표 의원은 빙그레 미소를 지으며 마주 인사를 하였다.

결코 싫은 내색이 아니었다.

신년 초만 해도 황준표는 일신그룹 회장 사택에 인사를 갔었다.

일신그룹이 일본 계열이고 또 일신그룹의 영향력이 얼마나 큰지 잘 알고 있는 황준표다.

그 또한 일신그룹에서 후원하는 장학생이었기도 했다.

황준표처럼 일신그룹의 후원을 받아 국회의원에 당선된 이도 상당했다. 또 국회뿐 아니라 법조계에도 상당수의 일신장학회 출신 인사들이 대거 포함이 되어 있었다.

그렇다 보니 이들은 동질성을 느끼며 알게 모르게 서로 상부상조를 하며 서로를 끌어 주고 있었다.

특히 국회의원인 황준표와 같은 이들은 자신들의 든든한 자금줄이자 백그라운드인 일신그룹이 있음으로써 당내 입지가 탄탄해진다는 것을 누구보다 잘 알고 있었다.

그러니 새해가 되면 부모 산소보다 먼저 찾는 곳이 일신그룹 회장의 사가(史家)였다.

그러니 차기 일신그룹 회장으로 이미 낙점된 신원민을 여당의 원내총무라고 쉽게 볼 수는 없는 위치다.

평소 자신보다 어린 나이에 일신그룹의 후계자란 이유로 거들먹거리던 신원민이 자신의 앞에서 고개를 숙이는 모습에 황준표는 감회가 새로웠다.

"예서 이럴 것이 아니라 안으로 들어가시지요."

이들이 만나는 장소인 청향은 고급 음식점으로 본채와 두 채의 별채로 구성이 되어 있는데, 신원민은 여당 원내총무인 황준표와 은밀한 대화를 하기 위해 본채와 떨어진 별채를 예약하였다.

별채는 다섯 개의 룸을 가진 본채와 다르게 은밀한 만남을 원하는 신원민과 같은 손님을 위해 단 하나의 룸만 있었다.

더욱이 별채는 본채와 그리고 또 다른 별채와도 거리가 떨어져 독립적으로 자리하고 있어 은밀한 만남을 원하는 이들에게 안성맞춤이었다.

다만 본채와 다르게 별채는 이러한 특성 때문에 예약을 하기 위해선 상당한 비용을 요구하였다.

그렇지만 재벌인 일신그룹의 후계자인 신원민에게 그 정도는 그리 부담되는 가격은 아니었다.

어차피 업무 추진비로 처리하면 되는 일이기에 부담 가질 필요도 없었다.

아무튼 별채로 이동한 신원민과 황준표는 청향에서 나오는 고급스런 한정식을 사이에 두고 앉았다.

"그런데 공사가 다망하신 신원민 사장님이 어쩐 일로 절 보자고 하신 겁니까?"

비록 자신보다 십여 살이나 어린 신원민이지만 함부로 대할 수 없기에 황준표는 조심스럽게 입을 열었다.

그런 황준표 의원의 말에 신원민은 조금의 망설임도 없이 자신의 생각을 말하였다.

"황 의원님도 현재 제 처지를 알고 있으실 겁니다."

"예."

"단도직입적으로 말씀드리겠습니다. 도와주십시오."

"그게 무슨 소립니까? 도와달라니요. 제가 일신그룹의 후계자인 신 사장님을 도울 일이 있을까요?"

무턱대고 도와달라는 신원민의 말에 황준표는 조금 당황하며 대답을 했다.

요즘 신원민 사장의 사정을 모르는 것은 아니지만 사실상 그가 도와줄 일이 있을지는 알 수가 없었다.

비록 자신이 여당의 원내총무라고 하지만 현재 일신그룹이 처한 상황을 타개할 방법은 없었다.

예전처럼 무턱대고 기업이 어렵다고 국가예산을 함부로 지원해 줄 수가 없었다.

만약 그렇게 했다가는 같은 여당 의원을 지탄을 받을 수도 있었다.

그런 황준표 의원의 대답에 신원민은 빙그레 미소를 지으

며 오늘 이 자리를 만든 이유를 설명했다.

"천하 컨소시엄과 저희 일신이 육군의 차세대 주력전차 개발 경쟁을 하다 밀린 것은 의원님도 잘 아실 겁니다."

"예, 천하에서 엄청난 것을 만들어 냈더군요."

황준표는 신원민의 말에 맞장구를 치며 대답을 하였다.

신원민은 그런 황준표 의원의 말에 살짝 인상을 구기다 다시 말을 하였다.

"천하에서 만든 전차가 대단한 것이 아니라 그 안에 들어가는 장치 하나가 대단한 것이지요."

신원민은 애써 자신들이 만든 대호와 천하에서 개발한 백호를 비교하는 황준표 의원의 말을 정정해 주며 말을 이었다.

"그것만 저희가 개발한 대호에도 부착할 수만 있다면 천하의 그것보다 더 뛰어난 전차가 될 것입니다. 그러니 공정한 경쟁을 위해 전차의 성능이 아닌 부속 장치로 인한 선정은 공정하게 심사를 다시 해야 한다고 생각합니다."

신원민의 이야기를 들은 황준표 의원의 눈이 반짝였다.

지금 신원민이 하고 싶은 이야기가 어떤 소리인지 이제야 깨달은 것이다.

"만약 이것을 도와주신다면 그에 합당한 보답을 하겠습니다."

자칫 잘못하다가는 이복동생인 신영민 때문에 일신그룹 후계자란 자리가 흔들릴 수 있다는 위기감에 신원민은 그렇게 황준표를 보며 제안을 하였다.

그리고 신원민의 제안을 들은 황준표의 눈빛이 더욱 빛났다.

5.
신원민의 착각

국방부 장관인 김명한은 국방부 산하 방위산업청 청장의 면담 요청을 듣고 고개를 갸웃거렸다.

"박 청장, 무슨 일로 면담을 요청한 거요?"

김명한 장관은 평소 자신이 만나자고 해도 업무가 바쁘다는 이유로 빼던 사람이 먼저 만나자고 하자 궁금해 그렇게 물어본 것이다.

"예, 다름이 아니라 요즘 신형 전차 도입 때문에 고민이 많으신 것 같아 찾아뵈었습니다."

"그게 무슨 소립니까?"

예산보다 빠른 시간에 신형전차의 개발이 완료가 되는 바람에 예산을 확보하지 못했다.

그 때문에 그동안 세워 둔 계획이 꼬이고 말았다.

이미 개발이 되었는데 생산을 늦출 수는 없는 일이다.

하지만 특별예산을 산정하기 위해 국방위에 특별예산안을 제출하였지만 반려되고 말았다.

그 이유가 과도한 국방예산이 집행되었고, 현재 국방부에서 진행하고 있는 일들이 주변국에 국비 경쟁을 초래한다는 이유를 들어서였다.

그렇지만 사실 속뜻은 그런 이유가 아니라 특별 예산을 책정해 봐야 자신들에게 떨어지는 것이 없어서 그런 것이란 사실을 김명한 장관은 잘 알고 있었다.

예전 같았으면 더러워서라도 얼마 정도 예산을 전용하여 찔러 주었겠지만, 이번 신형전차를 구입하기 위한 특별 예산은 그럴 수가 없었다.

현재 육군의 주력이라 할 수 있는 전차의 상태를 너무도 잘 알기 때문이다.

그래서 차세대 전투기 사업이나 해군의 이지스 함 구매에 해당할 정도로 엄청난 예산을 책정하고 진행하는 사업이다.

개발이 끝난 신형전차를 주문하는데, 부족한 구매 대금을 위해 특별 예산을 요구한 것인데 그것을 어떻게 전용할 수 있겠는가.

그런데도 국방위에서는 나라를 생각하기보단 자신의 호주머니 생각 먼저 하고 있으니 참으로 답답했다.

이런 생각을 하고 있는 김명한 장관에게 박세기 청장은 눈을 반짝이며 대답을 하였다.

"장관님, 제가 하는 이야기 곡해하지 마시고 들어 주십시오."

박세기 청장은 조심스럽게 말을 꺼내며 입을 열었다.

"저들은 국방부가 처음 계획대로 1,000대의 신형전차를 구입해 주길 희망하고 있습니다. 그렇지 않을 것이면 전략물자로 묶인 그것을 풀어 달라는 주장을 하고 있습니다."

"그건 있을 수 없는 일입니다."

박세기 청장의 말을 듣고 있던 김명한 장관은 전략물자로 묶인 백호에 대하여 천하그룹에서 전략물자 지정을 풀어 달라는 말을 하였다는 소리에 놀라 소리쳤다.

그런 김명한 장관의 모습에 박세기 청장도 고개를 끄덕이며 장관의 생각에 동조를 하였다.

"당연한 소립니다. 그럴 수는 없지요."

"그렇습니다. 우리가 신형전차를 가지는 것도 중요하지만 그것이 외부로 유출이 되는 것도 막아야 합니다."

"맞습니다. 하지만 저들의 주장도 틀리지는 않습니다. 저희가 예초에 1,000대를 구입하겠다는 계획 하에 사업을 추진한 것 아닙니까? 그런데 예상보다 개발이 빨리 끝나는 바람에 예산 확보를 하지 못해 문제가 벌어진 것 아닙니까?"

박세기 청장은 차분히 현재 자신들이 처한 상황에 대하여 설명을 하였다.

그리고 그런 박세기 청장의 말에 김명한 장관도 동의를 하였다.

"맞는 말입니다. 설마 천하에게 이렇게 빨리 개발을 끝낼 줄…… 사실 우리도 예상을 하지 못했습니다."

김명한 장관은 뭔가를 생각하는 듯 그렇게 박세기 청장의 말에 수긍을 하였다.

그런 장관의 모습에 이때다 싶었는지 박세기 청장은 며칠 전 정대한 회장과 면담을 했을 때 들었던 제안을 넌지시 들려주었다.

"장관님, 그런데 천하그룹에서 이런 제안을 해 왔습니다."

"그게 뭐요?"

뭔가 은밀한 말을 전하듯 박세기 청장이 김명한 장관의 곁으로 다가와 작은 목소리로 정대한 회장이 한 제안을 들려주었다.

"정대한 회장이 제안하길, 천하그룹에서 내는 세금 중 일부를 신형전차로 납부를 하면 어떻겠느냐는 것입니다."

"뭐요?"

김명한 장관은 박세기 청장이 들려준 이야기를 듣고 깜짝 놀랐다.

전혀 생각지도 못한 제안이었기 때문이다.

어느 누가 나라에 납부해야 할 세금을 현물로 내겠다는 제안을 할 생각을 했겠는가.

처음 그 이야기를 들었을 때는 너무도 말이 되지 않는다는 생각을 했기에 아무런 대답을 하지 않았던 김명한 장관은 조금 시간이 지나자 머릿속으로 조금 전 들었던 이야기를 생각해 보았다.

'세금의 일부를 현물로 납부를 한다? 음…… 그것도 괜찮은 생각 같은데…….'

차분히 생각을 하니 그 제안이 썩 나쁘지 않았다.

솔직히 국고에 예산이 부족한 것은 아니다. 하지만 그것을 집행하는 의원들의 생각에는 국방부에 분배해 줄 예산이 없는 것뿐이다.

막말로 국방부에 예산을 나눠 준다고 해서 그들에게 돌아오는 것이 없기 때문이다.

다른 부처에 예산을 나눠 주면 자신들에게 돌아오는 것이라도 있지만 국방부는 아니었다.

더욱이 큰 사업을 추진하면서 이렇게 빡빡하게 예산안을 짜서 올라오는 경우가 없었기에 더욱 그러하다.

예전 같으면 로비스트를 통해 많은 중개료가 오고 갔고 또 그 과정에서 국방위인 그들에게도 어느 정도 뒷돈이 건네졌다.

그런데 이번에는 국내 기업이 선정이 되었으며, 그중에서도 로비를 잘 하지 않는 천하그룹에서 프로젝트가 넘어갔다.

그러니 더욱 예산을 분배해 주지 않는 것이다.

"장관님, 정부가 제품을 개발하라고 주문을 해 놓고 기업이 우수한 제품을 개발하고도 정부가 약속을 지키지 않아 기업이 흔들린다면 어느 누가 정부의 말을 듣겠습니까? 더욱이 천하그룹은 이번 차세대 주력전차 개발에 사활을 걸고 매진을 하였습니다. 비록 편법이기는 하지만 길이 있는데, 대통령께 이 문제를 말씀드려 보는 것이 어떻겠습니까? 막말로 미국에서는 많은 돈을 줄 터이니 신형전차 아니, 플라즈마 실드 발생 장치를 팔라고 압력을 넣고 있습니다."

박세기 청장은 요즘 계속되는 미국의 압력에 이렇게 하소연을 하였다.

그런 박세기 청장의 말에 김명한 장관도 고개를 끄덕였다.

사실 그 또한 요즘 미 대사관에서 걸려 오는 전화 때문에 머리가 아플 정도다.

계속해서 이번 신형전차에 대하여 문의를 하고, 플라즈마 실드 발생 장치에 대하여 자료를 넘겨달라는 말도 되지 않는 말을 하고 있었다.

전략물자로 규정이 되어 절대로 그럴 수 없다는 말을 하여도 막무가내였다.

자기네들은 전략물자에 대하여 함구하면서 우리의 것에 대해선 다른 자세를 취하고 있다.

"알겠소. 내 대통령님께 말씀드려 보겠소."

김명한 장관은 박세기 청장에게 자신이 대통령께 천하그룹에서 제안한 것을 전달하겠다고 답변을 하였다.

그런 김명한 장관의 답변을 듣자 박세기 청장의 표정이 조금 펴졌다.

사실 그도 요즘 육군의 지인들에게 계속해서 비슷한 이야기를 듣고 있었다.

어떻게 해서든 이번 천하 컨소시엄에서 개발한 신형전차를 조속한 시일에 많은 수량을 확보해야 한다는 것과 플라즈마 실드 발생 장치라는 첨단 장비를 외부로 유출시켜선 절대로 안 된다는 이야기를 말이다.

◈ ◈ ◈

여의도 국회의사당.

대한민국 국민의 대표들이 모여 국정에 대한 논의를 하는 곳이다.

하지만 엄연히 국민의 대표로서 정부가 하는 일을 감시하며 공무원들이 제대로 일을 하는지 지켜봐야 할 이들이 엉뚱한 일로 혼돈의 양상을 띠고 있었다.

"그게 말이 되는 소립니까? 세금의 일부를 현물로 받겠다는 것이 말이나 되는 소리냔 말입니다."

"그게 왜 말이 되지 않습니까? 그럼 정부가 그런 약속을 했으면 지켜야지요. 그리고 모든 세금을 현물로 받겠다고 했습니까? 일부 국방부에서 특별예산으로 신청한 금액만 현물로 받겠다는 것 아닙니까?"

"그래도 그건 아니죠. 이건 말도 되지 않는 소립니다."

의회는 서로 편을 갈라 자신들의 주장만 떠들며 다른 사람의 말을 듣지 않으려 하는 의원들로 소란스러웠다.

다만 예전과 다른 점은 서로 멱살을 잡고 주먹을 휘두르지 않는다는 것이었다.

그도 그럴 것이 요즘은 국회가 열리게 되면 국민들이 자신이 뽑은 국회의원들이 제대로 의정 활동을 하는지 TV를 통해 볼 수 있었기 때문이다.

예전에는 방송이 되지 않다 보니 의원들의 일을 TV뉴스를 통해서만 볼 수가 있었다.

그때면 국회의원들은 상대의 멱살을 잡아 흔들고, 심하면 주먹을 휘두른다든가, 아니며 앉아 있던 자신의 의자를 던진다든가 하며 난동을 부렸다.

그런 모습이 외신기자의 눈에 띄어 이슈를 만들기도 하였고, 또 어떤 외국 기업의 셔츠 광고에 쓰이기도 하였다.

참으로 부끄러운 모습이 아닐 수 없었다.

그러던 것이 국민들에게 국회의원들의 회의 모습을 실시간으로 TV를 통해 방영을 하자 싹 바뀌었다.

싸우는 모습만 보였다가는 국민들의 외면을 받을 수밖에 없다는 것을 깨닫게 된 것이다.

정말로 국회에서 싸움만 하던 의원들은 다음 국회의원 선거에서 낙선이 되었다.

그때부터 국회의원들의 국회 내에서의 행동이 바뀌었다.

그렇지만 몸싸움만 버리지 않는다 뿐이지 하는 행동은 똑

같았다.

자신의 당원이 아니라고 해서 상대 의원의 말이 옳지만 반대를 위한 반대를 하고 있었다.

오늘도 대통령 특별안건으로 부족한 국방예산을 마련하기 위한 특별법을 안건으로 상정을 하였다.

그리고 안건이 마이크를 타고 스피커에서 흘러나오자 바로 소란이 인 것이다.

"아니, 황 의원! 황 의원은 평소 나라를 위해서라면 뭐든지 찬성을 해야 한다고 떠들던 사람이 오늘은 무엇 때문에 반대를 하는 것입니까? 국방을 튼튼히 하기 위해 낡은 무기를 폐기하고 새로 개발된 최신형 무기를 도입하는 예산을 마련하겠다는데 이런 안건을 반대하다니, 이거 평소 황 의원이 말하는 종북 아니오! 종북!"

거세게 대통령 특별법을 반대하는 의원을 보며 다른 당의 의원 한 명이 그렇게 소리쳤다.

평소 민생을 위해 안건을 내는 의원 보고 국가 발전에 저해하는 종북 사고를 가진 의원이라 소리치며 사상적으로 문제가 있다 트집을 잡던 의원이 있었다.

그런 자가 이번에는 국가방위를 위해 노후화 된 전차를 대체하기 위해 새로 개발된 최신형 전차 도입을 위한 특별예산

안에 대하여 거부를 하고 있자 이렇게 소리친 것이다.

지금 공격을 당하는 의원도 사실 이번 예산안을 특별히 반대할 생각은 없었다.

하지만 자신이 속한 계파에서 반대를 하고 나서니 어쩔 수 없이 그도 반대를 하는 것뿐이었다.

솔직히 그는 법이 어떻게 되든 상관이 없었다.

국회의원이 되었으니 그 권력을 누리고 싶을 뿐이다.

그렇지만 이제 겨우 재선을 한 의원일 뿐인 그는 위에서 시키는 일이라면 따를 수밖에 없었다.

비록 재선을 한 국회의원이라고 하지만 당 내 그의 영향력은 이제 겨우 초선한 의원과 별로 다를 것이 없었다.

최소 삼 선은 해야 당 내에서도 어느 정도 힘을 쓸 수 있는 위치에 오르겠으나 아직은 아니었다.

그렇다고 당 내 특별한 직책이 있는 것도 아니니 그저 시키는 일이나 잘해야 나중 선거철이 오면 당의 후원을 받을 것 아닌가.

"말은 바로 하시오. 나보고 종북이라니! 내 증조부는 일제강점기에……. 내 할아버지는 6.25 때 공산당과……. 그런데 나보고 종북이라니! 사과하시오!"

공격을 받은 황 의원은 자신의 집안 내력까지 떠들며 고함을 질렀다.

이렇듯 국회는 이번 대통령 특별법에 대하여 대립을 하였다.

사실 떠들고 있는 여야 의원들은 모두 이번 대통령이 낸 특별법 때문에 골치가 아팠다.

현 유재인 대통령은 역대 대통령 중 가장 지지율이 높은 대통령이었다.

유재인 대통령은 알려지기로 결점이 하나도 없는 완벽한 사람이었다.

국민 사대 의무 중 어느 것 하나 피해 간 것이 없는 사람이었다.

고위 공직자들 중 많은 이들이 국민 사대 의무 가운데, 국방의 의무를 제대로 치른 이들이 드물었다.

그것은 여야 의원을 막론하고 대다수 국회의원들이 병역의무를 이수하지 않았다.

갖은 핑계를 대고 회피하였다.

그렇지만 윤재인 대통령은 오대 독자로서 제2보충역으로 현역 입대가 아니라 공익 근무 요원 같은 곳으로 대체복무를 할 수 있었지만, 대통령은 육사에 지원하여 장교로 근무하였다.

뿐만 아니라 납세의 의무를 철저히 지켰는데, 미납된 세금이나 누락된 세금도 하나 없었다.

더욱이 자녀들도 모두 대한민국 국민으로서 의무를 다하고 있었다.

고위공직자의 자녀들 중 대다수가 이중 국적자임을 감안하면 엄청난 청백리인 셈이다.

청백리라고 해서 굳이 헐벗고 가난하다는 소리가 아니다.

남들에게 손가락질 받을 일을 하지 않고 자신이 맡은 의무를 충실하게 임한다는 소리였다.

그렇다 보니 국민들에게 지지를 받지 않을 수가 없었고, 여론 조사에서 최고의 대통령으로 꼽히게 되었다.

그런 대통령이 편법에 가까운 특별법을 상정하자 여당이나 야당 모두 어떻게 대처를 할지 몰라 당황하였다.

그래서 이렇게 더욱 국회가 소란스러운 것이다.

소란스러운 국회 회의장을 보던 황준표는 슬쩍 자신의 주변을 돌아보았다.

그리고 몇몇 의원에게 신호를 보냈다.

"자네들 잠시 나 좀 보지."

아직 회의 중이라 자리를 나가면 안 되는 일이지만, 의장석이 있는 중앙 단상이 너무도 소란스러운 관계로 이들의 움직임을 관심 있게 보는 사람은 아무도 없었다.

심지어 국회 회의장을 찍고 있던 방송 카메라 또한 이들을 포착하지 못했다.

회의장 구석 남들의 시선이 닿지 않는 곳에 황준표 의원은 동료의원을 기다리고 있었다.

곧 자신이 불러낸 의원이 다가오자 그들을 불러 이야기를 하였다.

"무슨 일이십니까?"

"다름이 아니라 내 자네들에게 제안할 것이 있어서 불렀네."

"무슨……?"

황준표 원내총무의 말에 불려 온 의원들의 눈이 반짝였다.

이런 때면 언제나 상당한 돈이 오갔다. 그렇기에 의원들의 눈이 빛나는 것은 어쩌면 당연한 일이었다.

국회의 일에 이렇게 정신을 차리고 일했다면 나라가 참으로 발전을 하였을 터인데, 국민의 대표라고 선출된 의원들 중 상당수가 이렇게 자신의 이득을 위해 정책을 결정하였다.

"자네들 얼마 전 국방부에서 실시한 프로젝트로 인해 육군이 이번에 신형전차를 선정했다는 것은 알고 있지?"

"물론이죠. 지금 그 신형전차를 연내 도입하겠다고 특별예

산을 지금 편성하기 위해 대통령이 수를 쓴 것 아닙니까? 설마 이번 대통령이 발의한 특별법을 통과시켜야 하는 것입니까?"

여당 의원이니 당연 대통령이 이번 발의한 한시적 특별법을 통과시켜야 하느냐 물어보는 의원이었다.

그런 동료의원을 보며 황준표는 고개를 흔들었다.

"그런 것이 아니라……."

황준표는 말을 멈추고 고개를 빼 주변을 다시 한 번 살펴보며 누가 자신의 말을 듣지 않나 돌아보았다.

그리고 아무도 없자 조그만 목소리로 말을 하였다.

"일신에서 이번 선정에 불만을 가지고 내게 부탁을 해 왔네."

"그게 무슨 소립니까? 그건 이미 군에서 시험을 끝내고 선정을 한 것 아닙니까? 그것을 저희가 다시 뭐라고 하기에는……."

황준표 의원의 이야기를 들은 동료 의원 중 한 명이 부정적 의견을 냈다.

비록 자신들이 국회의원이기는 하지만 군에서 이미 끝낸 일을 뒤집는다는 것은 문제가 있을 수 있기 때문이다.

군인은 군인들만의 일이 있는 것이고 또 국회의원도 국회의원으로서 일이 있는 것이다.

비록 국회의원이 별정직 공무원으로 상당한 권한이 있다고 하지만 그것과는 별개의 일이다.

“그걸 누가 모르나. 하지만 저들의 입장에선 할 수 있는 말이기에 그러는 것이야. 막말로 부가 장치 하나 때문에 심사에서 탈락을 했다면 자네들이면 그걸 받아들일 수 있겠나?”

“그게 무슨…….”

“이번 신형전차에 들어가는 플라즈마 뭐라는 장치 말이네, 일신에서는 그것을 자신들의 전차에도 설치를 할 테니 똑같이 심사를 해 달라 요청했단 말일세.”

황준표 의원의 이야기를 들은 의원들은 고개를 갸웃거렸다.

어떻게 들으면 일신의 말도 일리가 있기는 하다.

그렇지만 자신들이 알기로는 그 장치가 천하 컨소시엄에서 만든 장비라는 것이다.

“의원님, 그렇지만 그건 천하에서 만든 물건 아닙니까? 막말로 천하에서 그것을 주지 않겠다고 한다면 어쩔 수 없는 문제 아닙니까?”

모여 있던 의원 중 한 명이 그렇게 말을 하자 다른 의원들도 비슷한 생각인지 고개를 끄덕였다.

그러자 황준표 의원이 그런 의원들을 보며 말을 하였다.

"그러니 우리가 나서야지. 국방을 지키기 위한 최고의 전차를 선정해야 하는데, 한쪽에만 있는 장치는 공정한 심사가 아니지 않은가? 우리가 나서서 천하가 일신에 그 장치를 공급하게 하는 것이네."

"천하에서 저희의 말을 듣겠습니까?"

계속되는 설득에도 의원들이 부정적인 말을 하자 황준표는 낮지만 단호한 표정으로 말을 하였다.

"감히 국민의 대표인 국회의원의 말을 듣지 않는다니 그게 말이 되는 소린가? 만약 그렇다면 천하그룹은 이참에 내 힘이 얼마나 막강한지 경험하게 될 것이야."

너무도 단호한 황준표 의원의 말에 주변에 있던 의원들의 눈동자가 흔들렸다.

참으로 말도 되지 않는 소리였지만 현 대한민국에서 여당 원내총무인 황준표 의원의 영향력이 얼마나 강력한 것인지 알 수 있었다.

지금 모인 의원들도 황준표 의원이 영향력을 잘 알기에 이렇게 모인 것이 아닌가.

"알겠습니다. 그럼 의원님이 앞에서 저희를 끌어 주십시오."

의원들도 괜히 여기서 더 이상 뺐다가는 황준표 의원에게 찍힐 수도 있다는 생각에 동조를 하였다.

조금 찜찜한 마음이 들기는 하지만 눈앞에 있는 황준표 의원의 힘이 두렵기에 나서서 거부를 하지 못했다.

그런 의원들의 모습에 황준표는 살며시 미소를 지었다.

사실 그도 자신의 방금 한 말이 얼마나 억지인지 너무도 잘 알고 있었다.

그렇지만 일신에서 약속한 것을 얻을 수만 있다면 남들의 손가락질 정도는 웃어넘길 수 있었다.

다만 걱정이 되는 것은 이번 특별법만 봐도 대통령의 의지가 얼마나 확고한지 잘 알 수가 있었는데, 특별법을 반대하는 의원들을 모아 의견을 조율한 뒤 이번 일신그룹의 부탁을 끼워 넣는다면 타협안을 만들 수도 있을 것 같았다.

"내가 대통령을 만나 이번 특별법을 시행하는 문제와 이 이야기를 절충한다면 충분히 가능할 것 같으니 그건 내게 맡겨 두고 자네들은 내 말에 지지를 해 주면 되네."

"알겠습니다. 그럼 저희는 의원님 말씀에 따르겠습니다."

황준표는 자신이 총대를 메고 대통령을 만나 담판을 짓겠다고 말을 하였다.

여당 최대 계파의 원내총무이기에 자신감을 보이는 황준표

였다.

그리고 그런 황준표의 자신감에 고개를 숙이는 의원들이었다.

◈ ◈ ◈

"아니, 이게 말이 되는 소립니까?"

천하 컨소시엄의 총괄 지휘하고 있던 정수현은 소리를 쳤다.

방금 천하 디펜스의 회장이자 천하 컨소시엄의 대표직을 맡고 있는 그의 아버지인 정명환의 이야기를 듣고 이렇게 흥분한 것이다.

"음……."

정명환은 자신의 둘째아들의 반응에 신음성을 흘렸다.

그도 말은 하지 않고 있지만 너무도 화가 났다.

그렇지만 회장인 그가 흥분을 한다면 사태를 수습할 수가 없어 참고 있을 뿐이다.

"우리가 개발한 장치를 경쟁회사에 공급을 하고 심사를 받으라니 그게 말이나 되는 소립니까? 그게 말입니까? 방굽니까?"

정수현 상무가 그렇게 흥분을 하며 소리를 지르지만 회의장 어느 누구도 어린 그의 큰 소리를 막는 사람이 아무도 없었다.

이번 프로젝트가 성공적으로 끝나고 개발한 전차가 육군에 차세대 주력전차로 선정이 된 것을 인정해 이사에서 상무이사로 승진을 한 정수현이었다.

"정수현 상무! 그만 흥분하고 자리에 앉게! 여기 정 상무만큼 모두 화가 나 있으니 말이야!"

"알겠습니다."

흥분한 둘째 아들의 모습에 정명환 회장은 그를 나무라며 자리에 앉게 하였다.

하지만 정명환 회장의 말에 수긍을 하고 자리에 앉는 정수현이었지만 아직 화가 가라앉은 것은 아니었다.

정수현이 자신의 자리에 앉자 회의장은 한순간 적막에 휩싸였다.

똑똑!

"정수한 사장이 도착했습니다."

보통 회의가 진행이 되면 아무리 직급이 높은 사람이라도 늦은 사람은 회의장에 들어올 수가 없다.

하지만 지금 회의는 긴급하게 소집된 회의라 멀리 있는 사람은 늦게 도착할 수밖에 없었다.

그리고 방금 도착한 정수한은 이번 문제가 된 플라즈마 실드 발생 장치를 개발한 사람이고 또 그것을 생산하는 회사의 사장으로 임명된 사람이라 늦게 도착을 했음에도 회의에 참석할 수 있었다.

"늦어서 죄송합니다."

"아니야, 자리에 앉도록 하지."

수한은 회의에 늦은 것에 대하여 사과를 하였다.

그렇지만 그가 늦을 것이란 것을 알고 있던 정명환은 자리에 앉기를 권했다.

"감사합니다."

"그래 오면서 대충 이야기는 들었겠지?"

정명환은 수한을 보며 그렇게 이야기를 꺼냈다.

"예, 들었습니다. 저들의 말도 되지 않는 억지를 부리고 있다고요?"

"그래, 아무래도 일신에서 로비를 벌인 것 같아."

"그렇겠지요. 그렇지 않고서야 국회의원들이 그렇게 단체로 한목소리를 내기도 힘들지요. 그런데 저들은 자신들의 말이 억지란 것을 알고는 있는 겁니까?"

수한은 문득 그것이 궁금했다. 현재 일부 국회의원들이 단체로 성명을 발표했는데, 너무도 억지스러운 주장이었다.

기업이 개발한 물건을 경쟁회사에도 공급을 하여 경쟁을 해야 한다는 것이다.

그것이 공평한 경쟁이라는 말을 하고 있었다.

참으로 억지스러운 주장이었다.

그런 국회의원의 성명을 들었지만 그냥 무시하면 되는 문제였다.

하지만 천하그룹에선 그들의 성명을 그냥 무시할 수만도 없었다.

그게 요상하게도 천하그룹에서 제안한 세금을 일부 대물로 납부하는 문제와 맞물려 있기 때문이다.

정부는 프로젝트를 진행할 때 차후 차세대 주력전차가 개발 완료가 되면 바로 구매를 시작하겠다고 하였다.

그렇기에 천하그룹은 그 약속을 믿고 그룹의 사활을 걸고 총력을 기울여 프로젝트를 완성하였다.

다른 사업 부문의 투자는 줄이고 차세대 주력전차 개발에 모든 가용 예산을 투입하여 개발을 완료하였다.

그 때문에 정부에서 약속을 제대로 이행을 하지 않는다면 큰 어려움에 처할 수 있었다.

그래서 편법으로 그룹이 납부할 세금의 일부를 개발한 전차로 대답을 하겠다는 제안을 한 것이다.

이런 제안이 받아들여지게 된다면 정부는 비록 세수가 조금 줄어들기는 하지만 어차피 신형전차를 구매해야 하는 것이니 따로 예산을 편성하지 않고도 이른 시일에 신형전차를 인도받을 수 있게 된다.

막말로 일 년에 헛되이 낭비되는 세금이 많다.

즉, 이렇게 낭비될 예산이라면 차라리 정부예산을 조이고, 세금 대신 납부된 신형전차는 군대에 보낸다면 훨씬 나을 것이다.

그렇지만 사람들의 눈에는 이것이 천하그룹에 정부가 특혜를 주는 것으로 비춰질 것이 분명했다.

아니, 특혜가 맞았다.

하지만 그것을 전부 천하그룹만을 위한 특혜라고 말할 수도 없는 일이었다.

애초 정부, 아니, 국방부가 약속한 것이 신형전차가 개발되면 바로 구매를 하겠다는 것이었다.

그런데 예산을 확보하지 못했으니 몇 년 기다리라는 말은 계약 위반이다.

하지만 정부와 기업의 관계에서 기업이 약자일 수밖에 없었다.

그러니 천하그룹 회장인 정대한도 이렇게 편법을 동원해 제안을 한 것이다.

그런데 이것을 여당의원들 일부와 야당 의원들이 모여 성명을 발표하였다.

특정기업에 특혜를 주지 말고 공정한 평가를 하라는 말도 되지 않는 성명이었다.

그들의 주장이 전적으로 맞는 것은 아니지만, 일부 맞는 말도 있기에 천하그룹도 그들의 성명발표에 아무런 대응을 못하는 것이다.

국회의원을 상대로 언론을 들이밀어 봤자 이득 될 것이 하나도 없기 때문이다.

그래서 천하 컨소시엄에서는 긴급회의가 벌어진 것이다.

의원들의 억지 주장을 들어줄 수도 그렇다고 들어주지 않을 수도 없는 입장이기 때문이다.

"뭐 일신이 저들에게 어떤 약속을 하고 저희에게 압력을 행사하는지는 모르겠지만, 그렇게 우리의 것을 원한다면 주죠."

수한은 너무도 담담하게 일신그룹이 원하는 플라즈마 실드 발생 장치를 넘겨주자고 말을 하였다.

"뭐라고? 그게 할 소리야!"

급기야 수한의 대답을 들은 정수현이 소리쳤다.

너무도 쉽게 대답을 하는 수한의 모습에 화가 난 수현이 큰소리로 고함을 지른 것이다.

그렇지만 너무도 담담한 수한의 모습에 정명환은 눈을 반짝였다.

"네게 무슨 복안이라도 있느냐?"

뭔가 생각이 있기에 수한이 저렇게 담담하게 자신이 개발한 물건을 팔겠다는 소리를 하는 것이라 생각하고 물어본 것이다.

"네, 팔려고 개발한 것 사 주겠다는데 못 팔 것도 없지요. 물론 천하 컨소시엄에 포함된 회사이기에 원가로 판매를 하던 것인데, 저들은 경쟁사 아닙니까? 전략물자라 다른 곳에 팔지도 못하는데 솔직히 천하 컨소시엄에 팔면 남는 게 별로 없어요."

농담을 하는 것인지 진담을 하는 것인지 알 수 없는 수한의 언변에 회의장에 있던 관계자들은 고개를 갸웃거릴 수밖에 없었다.

"지금 무슨 소리를 하는 것이냐?"

정명환은 지금 회의 중이란 것도 잊고 조카인 수한에게 평소 회사에서의 말과 다르게 가족 간 대화처럼 물었다.

그런 정명환의 물음에 수한이 웃으며 대답을 하였다.

“저희 천하 컨소시엄에서 개발한 전차의 성능에 자신이 없으신 것 아닙니까?”

수한은 정색을 하며 회의장을 둘러보았다.

“저들이 우리가 개발한 플라즈마 실드 발생 장치를 장착한다고 저희가 개발한 백호가 저들의 전차에 밀린다고 생각하지 않습니다. 물론 알아본 것에 의하면 차체 장갑이 이번에 새로 개발된 세라믹 장갑이라 기존의 것보다 튼튼하다고는 하죠.”

일신 컨소시엄에서 개발한 전차의 장갑이 자신들의 것 보다 우수하다는 말에 회의장은 다시 한 번 소란스러워졌다.

그렇지만 수한은 테이블을 손바닥으로 쳐 사람들의 시선을 집중시켰다.

탕!

모든 사람의 시선을 집중시킨 수한은 계속해서 자신의 말을 이어 갔다.

“여러분들이 잊고 있는 것이 있는데, 플라즈마 실드 발생 장치가 적용된 전차는 장갑의 강약이 중요하지 않습니다. 그 말은 차체 장갑은 기존 방어력 정도면 충분하다는 것입니다. 백호의 차체 방어력은 세계 최강의 화력을 가진 T—95를 상정하고 설계되었습니다. 그 말은 플라즈마 실드를 제외하고도 차제 장갑의 능력은 최상이란 소립니다."

수한은 잠시 하던 말을 멈추고 회의장에 있는 사람들 한 명, 한 명 시선을 맞추고 다시 말을 이었다.

"그 이상의 차체 장갑 능력은 있으나 마나란 소립니다. 즉, 과유불급(過猶不及), 예산 낭비란 소립니다."

"아!"

수한의 이야기가 모두 끝난 것은 아니지만 지금 수한이 하려는 말이 무엇인지 이 자리에 있는 사람 중 알아듣지 못한 사람은 아무도 없었다.

사실 플라즈마 실드 발생 장치를 빼고 천하 컨소시엄에서 개발한 전차와 일신 컨소시엄에서 개발한 전차의 한 대 생산 비용은 거의 두 배에 가까운 금액이었다.

더욱이 일신 컨소시엄의 대호는 과도한 중량의 줄이기 위해 전면에만 장갑을 두텁게 한 것 때문에 전차의 균형이 조금 조화를 이루지 못했다.

그 때문에 우수한 사격 통제 장치에도 불구하고 원거리 사격에서 초탄에 명중을 시키지 못한 것이다.

전차 간 격돌에서 초탄의 명중률은 무척이나 중요하다.

그런데 동급의 전차로써 서로 비교를 하는 와중 이런 결함이 발견이 되었으니 대호로선 백호에 한발 뒤쳐질 수밖에 없다.

현대전에서 강력해진 주포의 화력으로 인해 원거리 사격이 지향되고 있는데, 초탄 명중률이 떨어진다면 어떤 관계자가 좋아하겠는가. 그리고 조금 전 수한은 천하 컨소시엄에는 지금 원가로 공급을 하고 있다고 말을 하였다.

물론 수한이 원가라고 했지만, 그게 정말로 원가인지는 아무도 모르는 것이다.

막말로 수한이 얼마에 공급을 하던 수한의 마음이었다.

다만 천하 컨소시엄에 원가로 40억에 고급을 하고 있다고 했으니 만약 일신 컨소시엄에 플라즈마 실드 발생 장치를 판매하게 된다면 그것에 얼마간 이윤을 더해 공급을 하게 될 것이다.

더군다나 플라즈마 실드 발생 장치는 수한의 말대로 전략물자로 분류되어 외국에 판매를 할 수가 없다.

그러니 천하 컨소시엄에는 또 다른 수입원이 생긴 것이나 마찬가지였다.

그런 수한의 이야기를 듣고 깨달은 사람들의 표정은 처음 회의실에 들어서기 전과는 딴판으로 바뀌어 있었다.

"그렇군! 기존에도 백호와 비슷한 단가를 가지고 있던 일

신의 전차였는데, 플라즈마 실드 발생 장치까지 달게 된다면 단가가 얼마나 올라갈지 상상이 가지 않는군! 뭐 그렇다고 해도 엄밀히 따져보면 비싼 것도 아니지만 말이야!"

정명환 회장은 수한의 이야기를 모두 듣고 그가 하려는 말의 뜻을 모두 깨달았다.

"모두 정수한 사장의 이야기를 들어 알 것이니 이만 회의를 끝내기로 하지. 그리고 총회장님께는 내가 회의 내용을 그대로 전달하기로 한 것이니 그만 각자 자신의 자로 돌아가기 바라네!"

정명환은 홀가분한 마음으로 회의를 마치기로 하였다.

"회장님, 천하 컨소시엄에게서 플라즈마 실드 발생 장치를 공급받기로 하였습니다."

신원민은 황준표 의원에게서 천하그룹에서 제안을 받아들였다는 이야기를 전해 듣고 바로 자신의 아버지이자 일신그룹 회장인 신상욱 회장에게 달려와 보고를 하였다.

"그게 정말이냐?"

"예, 그렇습니다. 그리고 황준표 의원의 말에 의하면 이달 말에 파주에 있는 ADD시험장에서 다시 한 번 시험평가를 하기로 하였다는 연락을 받았습니다."

마치 시험을 잘 본 아이가 부모에게 칭찬을 해 달라고 조르는 듯 보고를 하였다.

그런 신원민을 장하다는 듯 쳐다보는 신상욱이었다.

한편 두 사람의 대화를 들은 신영민은 인상을 구겼다.

지금 자신의 유학 동기인 미쓰비 그룹 사남과 은밀하게 협상을 진행하고 있는데, 때 아닌 걸림돌이 나타난 것이다.

차세대 주력전차 선발에서 탈락한 대호를 일본에 은밀히 팔아넘기려고 하는 때, 느닷없이 재평가를 한다고 하니 인상을 구길 수밖에 없었다.

만약 재평가에서 평가가 뒤집혀 대호가 주력전차로 선정이 된다면 자신의 후계자 도전은 물 건너가기 때문이다.

그동안 후계자로 자리를 굳건히 지키던 신원민이 대규모 프로젝트에 실패를 하고 그룹의 자금을 엄청나게 탕진한 것 때문에 자리가 흔들리고 있었다.

이런 때 구원투수로 자신이 나서서 손해를 조금이나마 만회를 한다면 탈락했던 후계자 자리를 다시 한 번 도전할 기회가 마련되는 것이었다.

하지만 반대로 신원민의 말대로 재평가가 이루어지고 신원

민이 대표로 진행하던 프로젝트의 결과물이 선정이 된다면, 다시는 후계자 자리에 도전할 수 없는 정도가 아니라 지금의 제약회사 사장 자리마저 위험에 처할 것이 분명했다.

후계자 자리에 도전을 했던 자신을 신원민이 절대로 용서하지 않을 것을 누구보다 잘 알고 있기 때문이다.

신영민은 긴장한 표정으로 두 사람의 이야기를 듣고 궁리를 하였다.

어떻게 해야 자신의 안전을 도모할 수 있을지 그것을 생각해 보았다.

'제길, 다 끝났다고 생각했는데 어떻게 된 일이지?'

신영민이 이렇게 자신의 안전을 도모하고 있을 때도 그 옆에선 신상욱과 신원민은 앞으로 어떻게 해서 결과를 뒤집을 것인지 의논을 하고 있었다.

월말이 되고 약속된 재평가가 이루어졌다.

하지만 결과를 본 천하 컨소시엄과 일신 컨소시엄의 표정은 극명하게 차이가 보였다.

무려 1조라는 거금을 주고 미리 플라즈마 실드 발생 장치를 200개를 구입한 일신 컨소시엄이었다.

재평가가 이루어지면 이전의 결과가 뒤집힐 것을 믿어 의심치 않았던 신원민과 일신그룹의 회장인 신상욱의 표정이 보기 싫게 일그러졌다.

"말도 안 됩니다. 어떻게 더 우수한 우리 대호가 탈락을 할 수 있는 것입니까?"

신원민은 도저히 결과를 승복할 수 없어 시험평가를 한 방위사업청 청장에게 따졌다.

그렇지만 그런 신원민의 항의는 받아들여지지 않았다.

사실 이번 평가는 방위사업청의 관계자뿐 아니라 공정을 위해 육군의 일선 전차승조원은 물론이고, 군수지원단의 장교들까지 총출동하여 종합적인 평가를 하였다.

이전에 실시되었던 평가보다 더욱 혹독한 평가를 했을 뿐 아니라 가격 경쟁력까지 모두 고려한 평가였다.

사실 평가에서 신원민이나 일신 컨소시엄 관계자들이 자랑하던 장갑방어력도 평가하는 관계자들에게 그리 좋은 평가를 받지 못했다.

최신 세라믹 장갑을 도입했다는 것에서 좋은 평가를 받기는 했다. 하지만 중량을 줄이기 위해 선택했던 측면과 후면의 장갑을 줄인 것이 마이너스 평가를 받아 오히려 전체적으로 균형을 맞추고, 승조원들의 안전을 위해 엔진룸의 설계를 변경한 천하 컨소시엄의 백호가 호평을 받았다.

그리고 결정적으로 가격 경쟁에서 천하와 일신의 향방이 결정되었다.

백호의 판매 금액은 플라즈마 실드 발생 장치를 부착하고도 120억 원이었다.

그렇지만 일신에서 개발한 대호의 판매금액은 150억 원이나 되었다.

원래 생산단가를 줄여서 제출을 하였지만 플라즈마 실드 발생 장치를 천하에서 사오는 것 때문에 원래 생산단가에서 20억이나 줄였지만, 어쩔 수 없이 대호의 판매 가격은 천하의 백호보다 30억이나 비싸게 책정이 되었다.

화력은 백호가 미세하게나마 우세했다. 그리고 기동성에서는 대호가 백호보다 가벼운 관계로 우세하였다. 또 방어력 측면에서는 둘 다 플라즈마 실드로 인해 동률을 이루었다.

물론 플라즈마 실드를 빼고 실험한 상태에서도 최신형 세라믹 장갑을 채택한 대호보다는 백호가 종합 점수에서 일선 전차부대 승조원들의 평가에서 우세하였다.

그리고 결정적으로 생산단가에서 판결이 났는데, 막말로 비슷한 성능인데 비싼 가격이 매겨진 제품을 구매할 구매자는 없을 것이다.

한두 푼도 아니고 무려 30억이나 차이가 난다는 건, 즉, 일신 컨소시엄의 대호를 네 대 가격에 천하 컨소시엄의 백호는 다섯 대를 더 구매할 수 있는 가격이었다.

비슷한 성능에 실무자들의 평가에서도 더욱 신뢰도가 높은 전차가 가격까지 싸다면 그건 경쟁을 해 보나 마나 한 일이었다.

이러한 결과를 받아들이지 못하는 신원민이 잘못된 것이다.

그리고 평가하는 곳에 참석을 했던 신상욱 일신그룹 회장은 충격에 뒷목을 잡고 쓰러지고 말았다.

큰아들의 호언장담에 무려 1조 원이나 쓰고 원수와도 같은 천하그룹에 물건을 주문하였다.

그런데 결과는 호언장담과는 다른 결과를 보였다.

아무리 일신그룹이 국내 재계순위 10위권에 들어가는 그룹이라고 하지만 1조 원은 결코 적지 않은 금액이었다.

이번 평가에서마저 탈락한 대호로 인해 천하 컨소시엄에서 거금을 주고 사들인 플라즈마 실드 발생 장치는 애물단지가 되고 말았다.

전략물자로 묶여 있는 것이라 어디 다른 곳에 판매할 수도

없었다.

손해를 조금이라도 줄이려면 울며 겨자 먹는 심정으로 헐값에 천하 컨소시엄에 되팔지 않으면 안 되었다.

그것도 천하 컨소시엄에서 사 준다는 전제 아래서 나오는 손해였다.

그렇다고 손해를 만회하기 위해 플라즈마 실드 발생 장치를 외부로 유출을 시켰다가는 손해 정도가 아니라 그룹 전체가 날아갈 수도 있는 문제이니 신상욱 회장이 뒷목을 잡지 않을 수가 없는 일이었다.

한쪽에서 침몰해 가는 경쟁자를 보는 천하 컨소시엄의 관계자들은 입가에 미소가 한가득이었다.

국회의원들을 충동질해 자신들을 공경에 처하게 만들었지만 위기는 전하위복이 되어 돌아왔다.

생각지도 못한 곳에서 이득이 발생한 것이다.

그것도 경쟁자로 인해서 말이다.

그런데 침중한 일신 컨소시엄의 분위기와 반대로 천하 컨소시엄의 관계자처럼 미소를 짓는 한 사람이 있었다.

'흣! 그렇게 잘난 척을 하더니 꼴좋구나! 이로써 내게도 기회가 왔다.'

신영민은 이복형의 실패에 속으로 그렇게 기뻐하였다.

한때 기회가 온 것으로 생각해 나섰다가 된서리를 맞을 뻔 하였다.

자신의 방심으로 벌어진 위기였는데, 하이 리스크, 하이 리턴이라고 했던가. 천하 컨소시엄뿐 아니라 신영민에게도 기회가 찾아온 것이다.

신영민은 그룹 회장인 자신의 아버지가 쓰러졌는데도 신경도 쓰지 않고 빠르게 움직이기 시작했다.

일신그룹에 풍운이 일 조짐이 보이기 시작하였다.

6. 흔들리는 일신그룹

방위산업청 내 한 사무실, 사무실 안에는 여러 사람들이 자리하고 있었다.

그런데 사무실 주인도 있었지만 이곳에는 사무실의 주인보다 상위의 직위를 가지고 있는 사람이 있는지 그는 상석을 다른 사람에게 양보하고 그 뒤에 시립하고 있었다.

"장관님, 이번에는 다른 말 나오는 것 아니겠지요?"

정대한 천하그룹 회장은 상석에 앉아 있는 김명한 국방부 장관을 보며 그렇게 물었다.

얼마 전 계약 직전까지 가서 국회의원들의 반대로 계약이 무산되었다.

계약을 두고 특혜다 뭐다 트집을 잡아 계약을 무산시키고 공정한 심사라는 말도 되지 않는 이유를 들어 일신그룹에서 밀고 있는 대호와 천하그룹이 밀고 있는 백호에 대한 재평가를 실시하였다.

그렇지만 결과는 그들의 예상과 다르게 원래 국방부에서 평가한대로 천하 컨소시엄에서 생산한 백호전차가 정식으로 K—3라는 제식명을 획득하였다.

두 번에 걸쳐 평가를 받았기에 천하 컨소시엄이 국방부와 계약을 하는 데 있어, 더 이상 제동을 걸 수 있는 게 아무것도 없어졌다.

사실 납부해야 할 세금의 일부를 대물로 전환해 납부를 허가한다는 것은 크나큰 특혜이긴 했다.

그 때문에 계약 직전까지 간 것을 철회하고 다시 평가를 받게 되었다.

계약에 제동을 건 국회의원들도 재평가를 받는다면 제동을 걸었던 안건을 합의하겠다는 약속을 하였다.

이는 일신그룹에서 로비를 하여 그렇게 만든 것이었다.

천하 컨소시엄에서 만든 플라즈마 실드 발생 장치만 있다면 자신들이 개발한 대호가 더 우수하다 생각했기 때문이다.

재평가에서 자신들의 전차가 선정이 된다면 납부할 세금의

일부를 대물로 납부를 하는 것이 일신그룹으로서 나쁜 조건이 아니기 때문이다.

일신그룹의 로비를 받은 국회의원들도 이런 생각까지 했기에 대통령 특별법으로 제안한 안건에 반대를 하면서도 천하에서 재평가를 받아 공정한 심사가 이루어진다면 겸허히 수용하겠다는 발표를 했던 것이다.

그렇지만 군대와 국방부 심사관들은 이들의 생각과 다르게 천하 컨소시엄의 백호에 손을 들어 주었다.

그 어느 것 하나 일신 컨소시엄의 대호에 빠지는 것이 없기 때문이다.

아니, 더 우수한 것도 있었고 특히나 순수 국산 기술로 전 부속을 국내 생산을 한다는 것이 중요했다. 또 가격 또한 일신의 대호에 비해 훨씬 저렴하였다.

싼 게 비지떡이라는 말이 있기는 하지만 대호와 백호는 그렇게 성능이 차이가 나지 않으면서도 가격이 대호가 훨씬 비쌌다.

그것은 순전히 국내 기술이 아닌 일본의 기술과 합작를 하였기에 그리된 것이다.

중요 부속 대부분이 일본에서 생산되는 것들이다 보니 대호의 단가가 올라갈 수밖에 없었다.

그러니 당연 백호와 대호는 비슷한 성능에 비해 대호가 더 비쌀 수밖에 없다.

"국방위와 소속 의원들도 이미 동의를 했으니 더 이상 말이 나오진 않을 겁니다. 솔직히 이번 재평가로 천하의 기술력을 다시 보게 되었습니다."

국방부 장관인 김명한은 이번 일로 천하그룹에 약점을 잡힌 것이나 마찬가지였다.

장관이라는 고위공직자가 계약을 했으면서 그것을 제대로 이행을 하지 못하고 엉뚱한 일을 만들었기 때문이다.

그렇기에 이렇게 천하그룹의 기술력을 칭찬함으로써 은유적으로 이번 일에 대하여 사과를 하는 것이다.

"알겠습니다. 장관님의 말씀을 믿겠습니다."

정대한 회장은 더 이상 이번 일에 대하여 끄집어내 봐야 좋을 것이 없다는 생각에 더 이상 말을 하지 않았다.

사업을 하면서 그의 감각에 이 정도가 딱 적당하다는 생각에서 그만둔 것이다.

그리고 그런 정대한 회장의 생각은 아주 적절했다.

아무리 현 시점에서 자신이 유리한 이점을 차지했다고 하지만 정부 고위공직자를 막다른 곳으로 밀어붙여 봐야 좋을 것이 없다는 것을 잘 알고 있기 때문이다.

막말로 좀 비싸더라도 천하의 백호를 대체할 물건이 없는 것도 아닌데, 국방부 장관으로서 조금 욕을 먹더라도 계약을 틀어 버릴 수도 있었다.

사실 그런 예가 아주 없는 것도 아니었다.

예전 공군의 차세대 전투기 사업에서도 그러한 예가 있었다.

조국의 하늘을 수호해야 하는 차세대 전투기를 선정하는 과정에서 여러 나라의 전투기들을 살펴보고 비교를 해야 함에도 로비를 통해 평가서의 기준을 이상하게 만들어 모든 사람들이 예상하고 또 실무자들이 원하던 전투기를 탈락시키고 엉뚱한 전투기를 들여왔다.

더욱이 선정된 전투기 사업자는 예초의 약속과 다르게 기술 이전도 별로 해 주지 않았다.

자국의 전략 기술에 해당되는 부분이라 전수가 불가능하다는 소리였다.

웃긴 것은 당시 전투기 사업자가 속한 나라에서는 사업자를 지원하면서 기술 이전을 약속했다.

그렇지만 계약이 끝난 뒤 말을 바꾸었다.

그 때문에 많은 사람들의 기대와 다르게 일부 몇몇 사람들의 개인 이득으로 인해 국책 사업은 별다른 성과 없이 많은 예산만 허비하게 되었다.

더욱이 계약을 해 들여온 전투기는 부품을 구하기 힘들어 고장이 난 전투기의 부품을 빼 다른 전투기가 고장이 났을 때 교환을 하는 이른바 동종교환을 하여 전투기를 운용하게 되었다.

이 또한 계약 위반이었다. 사업자는 만약 자신들의 전투기가 대한민국의 차세대 전투기로 선정이 된다면 충분한 부품을 공급하겠다고 약속을 했지만 이 또한 지키지 않았다.

이런 전례가 있기에 정대한 회장도 더 이상 김명한 장관을 압박하지 않고 슬쩍 이야기를 돌린 것이다.

"여기 계약서를 살펴보시고 조금 뒤 기자들 앞에서 공식적으로 계약을 끝마치는 것으로 하지요."

김명한 장관의 뒤에 있던 박세기 방위산업청장은 얼른 준비된 계약서를 가지고와 계약서를 김명한 장관과 정대한 회장의 앞에 내려놓았다.

계약서가 테이블에 놓이자 정대한 회장의 옆에 앉아 있던 정명환 천하 디펜스 회장이자 이번 프로젝트인 천하 컨소시엄의 대표직인 그가 계약서를 살폈다.

아무리 천하그룹의 총괄 회장이라고 하지만 정대한은 사실 이번 계약에 들러리였다.

국방부와 계약의 주체는 어디까지나 천하 컨소시엄이기 때문이다.

한참을 계약서를 들여다보던 정명환 천하 컨소시엄 대표는 입가에 미소를 지었다.

이번 재평가로 인해 손해를 본 자신들에게 조금은 유리하게 계약서가 작성이 되어 있었기 때문이다.

정명환 회장이 미소를 짓는 데는 그 이유가 있었다.

계약서의 한 가지 문구 때문이었는데…….

……라) 대한민국 육군은 천하 컨소시엄에 500대의 K—3전차를 구매한다.

마) 대한민국 육군은 조속한 시일에 예산을 편성해 남은 500대를 최우선적으로 구매를 한다.

바) 천하 컨소시엄은 최초 계약한 K—3전차를 계약일로부터 2년 내에 보급 완료한다.

……하) 대한민국 정부는 국방을 지키는 유군의 노후화 된 육군의 전력을 교체하기 위한 사업에 적극 협조를 한다. 이 과정에서 부족한 예산을 이유로 도입이 시급한 신형전차 구입에 적극 지원한다는 취지로 세금의 일부를 대물로 납부를 하려는 천

하그룹의 제안을 허가한다.

계약서의 특약사항의 내용은 정명환이나 그의 아버지이자 천하그룹 총회장인 정대한을 놀라게 하기 충분했다.

계약서의 내용은 처음 이야기가 나오던 200대 계약에서 1.5배가 늘어난 500대를 계약하게 되었다.

이는 대통령이 자신이 고심해 내놓은 법안을 일신그룹의 로비를 받은 국회의원들이 트집을 잡아 태클을 건 것에 대한 강경수였다.

물론 그 안에 천하그룹에 미안한 마음도 어느 정도 들어가 있지만, 결정적으로 200대 계약에서 500대로 늘어난 것은 국가정보원에서 전해 들은 중국의 위험한 행동 때문이었다.

중국 국안부 소속 특무팀이 대한민국에 신분을 숨기고 들어왔다는 것에 위기감을 느낀 것이다.

그들이 무슨 이유로 한국에 들어왔는지 보지 않아도 알 수 있었다.

이번 대한민국 육군의 차세대 주력전차인 K—3백호에 들어가는 플라즈마 실드 발생 장치를 어떻게든 빼돌리기 위해서란 것을 삼척동자도 알 수 있는 일이었다.

비록 연구원들을 보호하기 위해 대통령도 특수부대인 SA

부대원을 동원하였지만 마음이 놓이지 않았다.

열 포졸이 한 명의 도둑을 지키지 못한다 했다.

만약 일이 잘못되어 K—3의 핵심인 플라즈마 실드 발생장치를 개발한 연구원이 잘못되었을 때를 대비해 최대한 많은 물량을 확보하기 위해 초기 계약을 500대로 늘린 것이다.

물론 원래 계획대로 1,000대를 계약한다면 더 좋겠지만, K—3백호의 대당 가격은 120억 원으로 책정이 되었다.

그 말은 원래 계획보다 2조 원이나 예산이 늘어난 금액이다.

물론 K—3백호의 성능을 생각하면 예산이 늘어났다고 하나, 돈이 아깝지 않았다.

그렇지만 12조라는 세금을 모두 대물로 납부하게 계약을 한다면 그건 천하그룹에 너무도 많은 특혜를 주는 것이라 나중에 이것을 가지고 문제가 될 수도 있는 것이다.

그래서 이번 계약에서도 세금을 대물로 대체할 수 있는 수량은 처음 나왔던 200대뿐이었다.

나머지 300대는 국회에서 국방부에 특별예산을 허가하기로 하였다.

이런 복잡한 사정이 있었지만, 천하그룹으로서는 일단 바로 500대라는 엄청난 물량을 공급 계약을 하게 되었다.

오늘 정식 계약이 이루어지면 천하 컨소시엄은 빠르게 생산 라인을 증설해야만 했다.

현재 가지고 있는 설비로는 2년 내에 500대를 생산하기란 불가능하기 때문이다.

물론 현재 짓고 있는 공장이 완성이 된다면 일 년에 350대 생산이 가능해진다.

기존 생산 라인을 업그레이드 한다면 새로운 공장이 생산하는 것까지 감안하면 년간 500대 생산도 가능했다.

그것도 완성이 되었을 때의 이야기였다. 당장의 문제로 현재의 생산 라인을 업그레이드 하는 것과 새 공장을 짓는 것에 총력을 기울여야만 한다.

시간이 되어 공보실에 방위산업청 내 공보실에 내외신 기자들이 모여서 최종 계약 상황을 취재하기 위해 기다리고 있었다.

그들이 보는 앞에서 최종 계약을 하기 위해 모두 자리에서 일어나 밖으로 나갔다.

대한민국 육군 정식으로 천하 컨소시엄이 개발한 세계 최강의

전차 500대 구매 계약 체결…….— 문화일보 ㅁㅁ기자.

육군 차세대 주력전차로 선정된 천하 컨소시엄의 K—3백호 500대 구매계약……. — 조아 일보 XX기자.

자랑스러운 순수 국산 전차 최강을 찍다. 육군 2년 내 최신형 전차 500대 전방부대 배치, 5년 내 노후화 된 M48계열 전차와 K—1전차 교체, 동북아 최강의 전차 군단 구상……. — 우리일보 ㅇㅇ기자.

천하 컨소시엄과 국방부 장관인 김명한이 방위산업청에 마련된 공보실에서 기자들 보는 가운데 계약을 마치자 기자들은 이러한 소식을 빠르게 세상에 전달을 하였다.

실시간으로 검색이 되는 인터넷 인기 순위는 순식간에 바뀌어 갔다.

최신형 전차나, K—3백호, 대한민국 육군 등 이번 계약과 관련된 관련 단어가 검색어 순위가 빠르게 랭킹에 자리하였다.

촤악!

일신그룹 신상욱 회장은 신문을 읽다 말고 거칠게 접어 버렸다.

아니 구겨 버렸다.

신문 일면에 크게 대서특필 된 천하 컨소시엄의 차세대 주력전차 K—3백호의 사진이 떡 하니 장식하고 있었기 때문이다.

더욱이 기사 내용에 천하 컨소시엄과 경쟁을 하던 자신들의 이야기도 짧게 언급이 되어 있었다. 이미 몇 주 전에 차세대 주력전차의 선정이 끝났는데, 계약이 늦어진 이유가 일신그룹에서 로비를 하여 다시 재평가를 하게 되었기 때문이란 언급을 하였다.

더욱이 논조가 무척이나 일신그룹에 부정적으로 써져 있어 신상욱 회장의 심기를 어지럽혔다.

그렇다고 언론사를 상대로 소송을 할 수도 없었다.

비단 이 신문사만 그런 것이 아니라 다른 여타의 언론사들도 비슷한 논조로 기사를 썼기에 그럴 수도 없었다.

한두 언론사가 그랬다면 일신그룹의 영향력을 이용해 정정보도를 하게 만들거나 명예훼손으로 신고를 할 것이지만, 여건 상 그러지 못했다.

특히나 몇 년째 계속되는 일본 총리와 의원들의 망언과 독

도와 동해에 대한 도발, 그리고 역사 교과서와 2차 대전 당시 위안부 문제에 대한 사과 한마디 없이 뻔뻔한 태도로 일관하는 일본의 문제와 그런 일본과 친일본 성향을 보이는 일신그룹의 이미지가 맞물린 현재 일신그룹에 긍정적인 보도를 할 언론사가 몇이나 있겠는가.

더욱이 어디서 그런 사실이 새어 나간 것인지 모르겠지만 아무튼 현재로썬 일신그룹이나 신상욱 회장이 할 수 있는 일이 없었다.

"신원민 사장 들어오라고 해!"

신문을 팽개친 신상욱 회장은 밖에 대고 큰소리로 소리쳤다.

문 밖에 있는 비서진에 소리친 것이다.

그리고 얼마 뒤 불려 온 신원민이 회장실로 들어섰다.

신상욱은 자신의 사무실로 들어오는 신원민을 보며 화를 주체하지 못하고 책상 위에 있는 명패를 던져 버렸다.

휙!

쿵!

날아간 명패는 들어오던 신원민의 얼굴 옆을 지나 문짝에 박혀 버렸다.

'헉!'

자신의 얼굴로 뭔가 날아오자 본능적으로 고개를 숙인 신원민은 자신의 얼굴 옆을 지나간 무언가가 뒤에 있던 문과 부딪혀 큰소리를 내는 것을 보며 깜짝 놀랐다.

'음…….'

하지만 놀람도 잠시 문짝에 틀어박힌 명패를 보며 표정을 굳혔다.

'아무리 화가 나지만 저것을 내게 던졌다는 말인가? 어떻게 그럴 수가…….'

신원민은 문짝에 박힌 물체의 정체를 금방 깨달을 수 있었다.

검은색의 삼각형 모양의 길쭉한 물체, 그것은 바로 자신도 매일 보는 물건이었다.

상아로 만든 그것은 사람을 향해 던져선 안 되는 무척이나 위험한 물건이었다.

만약 날아오던 명패를 피하지 않았다면 크게 부상을 당했을 수도 있다. 그것을 자신의 얼굴을 향해 아버지가 던졌다는 사실 하나만으로 신원민은 큰 충격을 먹었다.

신상욱 회장 또한 화를 주체하지 못해 저지른 일에, 문짝과 부딪혀 큰소리를 내며 틀어박히는 자신의 명패를 보자 정신이 들어왔다.

'이런 내가 너무 흥분을 했군!'

자신이 신문 기사를 보고 너무 흥분했다는 것을 깨달은 신상욱 회장이었지만 그렇다고 그것을 사과하지는 않았다.

대그룹 회장으로서 그리고 집안에 카리스마 넘치는 지배자로서 그동안 행사해 왔기에 신상욱은 비록 자신이 흥분해 실수를 했다는 것을 알지만 잘못을 인정하지 않았다.

아무리 자신의 아들이지만 그래선 안 되는 일이었지만 신상욱은 그렇지 않았다.

그런 아버지의 모습에 신원민의 눈빛이 처음으로 바뀌었다.

이번 일로 어떤 일이 일어날지는 지금 신상욱은 예상하지 못했다.

"네놈은 일을 어떻게 했기에 이따위 기사가 나오게 만드는 것이야!"

자신의 잘못을 알지만 신상욱 회장은 그것을 인정할 수가 없어 오히려 세게 나가기로 하였다.

급기야 테이블에 있던 신문을 들어 신원민의 얼굴에 던져 버렸다.

던져진 신문가지들은 신원민의 얼굴에 맞고 바닥에 떨어졌다.

비록 아프지는 않았지만, 명색이 그룹의 후계자인데 한 번도 아니고 두 번씩이나 무언가를 던지는 아버지의 모습에 신원민의 눈빛은 더욱 가라앉았다.

아무런 말을 하지 않고 입술을 굳게 다문 신원민, 그리고 그런 아들의 모습에 더우 화가 난 나머지 신상욱은 큰소리로 소리쳤다.

"내가 컨소시엄의 일은 손 떼라고 했지!"

한 달 전 신상욱은 이곳에서 신원민에게 일신 컨소시엄의 일에서 손을 떼라는 지시를 했다.

천하 컨소시엄과의 경쟁에서 밀린 뒤 손해를 만회하기 위해 그동안 연구하던 것들을 일본에 넘기기 위한 작업에 들어가기 위해 미쓰비 그룹과 연줄이 있는 작은 아들이 나서자 그의 손을 들어 준 것이다.

그런데 지시를 받고 나갔던 신원민이 판을 뒤집을 묘수가 있다면 들려준 이야기에 솔깃해 둘째 아들인 신영민에게 잠시 하던 일을 보류하라는 지시를 내렸다.

사실 개발 자료를 일본에 넘기기보단 자신들이 전차를 생산해 납품을 하는 것이 더 이익이 크기 때문이다.

비록 국회의원들에게 로비 자금으로 얼마가 들어가기는 하지만 차세대 주력전차의 구매 금액에 비하면 새 발의 피도 되지 않는 아주 적은 금액이었다.

그렇기에 미쓰비 그룹에 개발 자료를 넘기는 것을 보류시킨 것이다.

그래서 신원민의 말대로 회유한 국회의원들이 힘으로 끝났던 일을 재평가하게 되었다.

그 과정에서 1,000억이라는 비자금과 천하 컨소시엄에서 개발한 플라즈마 실드 발생 장치라는 물건을 구매하기 위해 1조 원을 사용하였다.

비록 일신그룹이 대한민국 재계서열 10위권의 대그룹이기는 하지만 한꺼번에 1조 1,000억 원은 결코 적은 돈이 아니었다.

더욱이 1조 원을 들여 구매한 그 플라즈마 실드 발생 장치란 것은 재평가에서 선정이 되지 않으면 공중으로 떠버리는 돈이었다.

플라즈마 실드 발생 장치는 전략물자로 묶여 있는 물건이라 어디다 되팔 수도 없는 물건이다.

그렇다고 천하 컨소시엄에 반품을 할 수도 없었다.

그건 구매 계약을 할 때 물건에 하자가 있지 않는 이상 반품을 할 수 없다는 특약사항이 있었기 때문이다.

계약할 당시 물건을 확보해야 한다는 생각에 천하 컨소시엄에서 무엇 때문에 그런 이상한 문구를 집어넣었는지 깊게 생각하지 않았다.

그만큼 자신이 있었기 때문이다. 그런데 결과는 자신들의 예상과 다르게 흘러갔다.

재평가에서 차세대 주력전차로 천하 건수시엄의 백호가 정식 제식명을 부여받으며 채택이 되었다.

그 말은 재평가를 받기 위해 들어간 1조 1,000억 원은 허공으로 거품처럼 사라져 버렸다는 소리였다.

문제는 그뿐만이 아니었다.

한 달 전 평가에서 탈락을 하고 주가가 폭락했다. 하지만 재평가를 한다는 소식이 전해지면서 깜짝 반등을 하였다.

그렇지만 깜짝 반등을 했던 주식은 재평가에서 마저 탈락을 했다는 소식과 어디서 흘러나온 말인지는 모르지만 자신들이 재평가를 받기 위해 국회에 로비를 했고, 또 플라즈마 실드 발생 장치를 사기 위해 1조 원을 사용했다는 이야기, 재평가 탈락으로 1조 원대로 구매한 플라즈마 실드 발생 장치가 전략물자로 묶여 재판매도 하지 못해 애물단지가 되었다는 자세한 이야기까지 증권가에 흘러가면서 일신그룹 관련 주식들이 끝을 모르고 떨어지고 있다는 사실이었다.

일신그룹 관련 주식으로 인해 서킷브레이크(CB)가 두 차례나 발생할 정도였지만, 그래도 하락을 멈출 수가 없었다.

재평가에서 탈락했다는 소식이 전해진 지 며칠 되지도 않은 시점에서 일신그룹의 전체 주가가 벌써 70%나 빠져 버렸다.

그리고 앞으로 얼마나 더 내려갈지는 알 수가 없었다.

일신그룹 회장실에서 신원민이 그의 아버지에게 깨지고 있을 때 다른 곳에선 일신그룹을 뒤흔들 또 다른 일이 벌어지고 있었다.

"김 비서!"

신영민은 자신의 사무실에서 뭔가를 곰곰이 생각을 하다 자신의 오른팔인 김상문 비서실장을 불렀다.

그런 신영민의 부름에 바로 달려와 대답을 하는 김상문 비서실장이다.

"예, 사장님! 부르셨습니까?"

김상문 비서실장이 사무실로 들어오자 신영민은 손짓으로 그를 가까이 불렀다.

신영민의 손짓에 그가 은밀히 자신에게 지시할 것이 있음을 깨달은 김상문은 조심스럽게 신영민 곁으로 다가갔다.

신영민 곁으로 다가간 김상문은 표정을 굳히고 신영민이 어떤 지시를 할지 대기를 하였다.

그런 김상문의 모습에 신영민도 표정을 굳히고 잠시 아무런 말을 하지 않고 김상문의 옆모습을 지켜보았다.

잠시 그렇게 긴장된 시간이 흐르고 결심이 선 것인지 신영민이 입을 열었다.

"김 실장."

방금 전까지만 해도 직책이 아닌, 비서로만 부르던 신영민이 무슨 일로 직책으로 부르는 것인지 김상문은 더욱 긴장을 하였다.

"말씀하십시오."

조심스럽게 입을 연 김상문은 지그시 어금니를 깨물었다.

신영민이 이럴 때면 뭔가 큰 사건이 터졌다.

그것을 그동안 수습한 것은 전적으로 김상문 자신이었다.

비서실장이란 직책을 가지고 있기에 자신의 상관인 신영민의 뒤치다꺼리를 해야 하였던 김상문은 가슴이 두근거리기 시작했다.

비록 계열사라고 하지만, 일신그룹에 속한 제약회사의 사장인 신영민의 비서실장으로 벌써 오 년째 일을 하고 있었다.

그러다 보니 현재 그룹이 돌아가는 전반적인 상황을 누구보다 잘 알고 있었다.

한때 일신제약의 사장인 신영민의 비서로 발령이 났을 때만 해도 더 이상의 야망은 그에게 없었다.

이미 후계 구도가 신원민 중공업 사장으로 내정이 되어 있기에 괜히 되지도 않는 일에 줄타기를 하다 도매급으로 처리될 수가 있기 때문이다.

그런데 요즘 그룹의 흐름이 예전과 달랐다.

탄탄하던 신원민 일신중공업 사장의 위상이 흔들리기 시작한 것이다.

물론 그렇다고 아직까지 자신의 상관인 신영민의 위치가 신원민 사장을 위협할 정도는 아니었다.

그런데 아무리 봐도 자신의 상관이 그룹 후계 구도에 다시 도전하려는 움직임을 보이고 있었다.

더군다나 신영민 사장은 그룹 내부에는 그리 인맥이 탄탄하지 못하지만 외부로 돌리면 또 달랐다.

김상문은 신영민에게 미쓰비 그룹에 연줄이 있을 줄은 얼마 전까지 알지 못했다.

그뿐만이 아니라 일본에 더 많은 인맥을 가지고 있었다.

그런 인맥이 어떤 역할을 하지는 아직 알 수는 없지만, 그렇다고 현재 그룹 전반에 흐르고 있는 기류를 잘만 활용을 한다면 충분히 그룹 후계 구도를 다시 한 번 꿈꿔 볼 수도 있을 것 같았다.

그런데 아니나 다를까. 신영민의 입에서 그 이야기가 쏟아지기 시작하였다.

"당신, 이번에 나와 함께 꼭대기까지 올라가 보지 않겠어?"

"예? 아니 그게 무슨 말씀이십니까?"

느닷없는 소리에 김상문은 깜짝 놀랐다.

아무리 준비를 하고 있었다고 하지만 앞뒤 말을 모두 자르고 말을 하니 쉽게 그 말의 뜻을 알아들을 수가 없었다.

"왜 그래? 지금 내 말 못 알아듣겠어? 김 실장도 야망이 있을 것 아니야?"

신영민은 김상문이 오래전 포기했던 것을 끄집어내었다.

그가 일신제약의 비서실로 발령이 되면서 포기했던 것을 말이다.

신영민을 도와 그룹의 중심으로 나가는 꿈도 꾸었던 때가 있었다.

그렇지만 그런 김상문의 꿈은 금방 시들해졌다.

그도 그럴 것이 비록 작은 계열사 비서실이라고 하지만 그

룹 전반에 흐르는 흐름을 모두 알 수가 있었다.

신영민이 진즉 후계 구도에서 밀려났다는 것을 말이다.

그런데 지금 묻어 두었던 야만에 대하여 신영민이 꺼내고 있었다.

"김 실장도 현재 그룹이 돌아가는 전반적인 흐름을 잘 알고 있을 거야. 후계자로 자리 잡고 있던 형의 위치가 흔들리고 있다는 것을 말이야. 뭐 그렇게 말아먹고 또 그룹의 위상을 흔들리게 만들었다면 아무리 후계자라고 해도 책임을 져야지."

마치 들으라는 듯 이복형인 신원민의 일을 끄집어내며 김상문의 표정을 읽는 신영민이었다.

그가 자신의 이야기에 안 듣는 척 하면서 모두 듣고 있음을 잘 알고 있는 신영민은 입가에 살며시 미소를 지으며 이야기를 계속했다.

"노숙자들 명의 좀 구해 봐!"

"그건 무엇을 하시려고 말입니까?"

신영민은 느닷없이 노숙자들의 명의를 김상문 비서실장에게 구해 오라는 말을 하였다.

"최소한 100명 정도는 구해야 할 거야!"

100명 이상의 노숙자 명의를 구하라는 말을 듣고서야 지금 신영민이 하려는 일이 무엇인지 깨달은 김상문은 잠시 시선이 흔들렸다.

지금 신영민은 노숙자의 명의로 주식을 구하려는 것이었다.

하지만 현재 일신그룹의 주식이 많이 떨어졌다고 하지만, 그건 일신제약 또한 마찬가지였다.

그 때문에 회사에 여유 자금이 그리 넉넉하지 못했다.

"사장님, 지금 주식을 하시려는 것입니까?"

"잘 알고 있군. 김 실장의 짐작대로 이번 기회에 은밀하게 주식을 모은다면 언젠가는 내게도 기회가 올 것이야."

말을 하면서 신영민의 차갑게 반짝였다.

현재 일신그룹의 주식의 보유 현황은 이러했다.

그룹 회장인 신상욱이 전체 주식의 12.4%를 가졌고, 그 다음으로 일신중공업 사장인 신원민이 5.5%, 그룹 부회장인 신상현 5%, 신영민 본인이 3.5%를 보유하고 있었다.

그리고 신상욱의 부인이자 신원민의 친모가 3%, 신영민의 모친이 1.1%를 가지고 있었다.

이것만 해도 30.5%의 높은 비율의 우호지분을 가지고 있는 것이다.

그런데 우호지분은 이것만이 아니다.

연금관리공단과 같은 기관에서 가지고 있는 일신그룹 관련 주식이나 은행권에서 가지고 있는 지분도 모두 우호지분이나 마찬가지였다.

여기서 신영민이 지분을 확보하려는 것은 현재 일신그룹의 주식이 큰 폭으로 하락했기 때문에 기관에서 대규모 투매를 한다는 정보를 입수했기 때문이다.

이렇게 기관이 투매한 주식을 사들이더라도 보유 주식이 5% 이상 늘어나게 되면 금융감독원에 신고를 해야만 한다.

신영민은 이런 것을 방지하기 위해 노숙자들의 명의가 필요한 것이다.

기관에서 매도하는 물량은 몇 명이서 모두 받을 수가 없기 때문이다.

사실 신영민이 신경을 쓰는 것은 금융감독원이 아니라 그룹의 주식감시팀과 자신의 이복형인 신원민이었다.

아무런 이유 없이 자신이 그룹의 주식을 사 모은다면 분명 제재를 가할 것이 분명했기 때문이다.

그룹의 주식감시팀은 말 그대로 그룹의 주식을 방어하는 차원에서 운영되는 특수팀으로 회장 직속으로 운영이 되는 팀이다.

그리고 팀의 수장은 아버지인 신상욱 회장에게도 보고를

하겠지만, 그룹 후계자로 자리를 굳히고 있는 이복형 신원민에게도 보고를 할 것이 분명했다.

그러니 그들 몰래 주식을 모집해야 한다.

그러기 위해선 당연 자신의 명의나 자신과 연관된 사람의 명의로는 주식을 매집할 수가 없었다.

"명의야 구할 수 있지만……."

김상문은 뒷말을 흐리면 현재 일신제약의 자금 사정에 대하여 은근하게 말을 하였다.

그런 김상문 비서실장의 대답에 신영민은 걱정하지 말라는 듯 큰소리를 쳤다.

"자금은 걱정하지 말고, 최대한 많이 모집해!"

"알겠습니다."

신영민이 이렇게 큰소리를 칠 수 있었던 것은 다름이 아니라 현재 애물단지가 된 플라즈마 실드 발생 장치 때문이었다.

그가 일신 컨소시엄에서 개발한 전차의 개발 일지를 가지고 미쓰비 중공업과 협상을 벌이려다 중단한 일이 있다.

이때 중단한 이유가 천하 컨소시엄에서 사들인 플라즈마 실드 발생 장치란 것을 알게 된 미쓰비 중공업에서 신영문에게 은근한 제안을 했다.

그렇지만 자신의 소관도 아니고 또 수량이 정해진 물건이

라 이렇다 할 대답을 하지 않았다.

그런데 하늘이 신영민을 불쌍히 여긴 것인지 총력을 기울여 시도했던 재평가에서도 신원민이 추진하던 일이 실패로 돌아갔다.

돈은 돈대로 가져다 쓰고, 또 그룹 이미지마저 깎아 먹어 버렸다.

그 여파로 현재 그룹 관련 주식이 끝을 모르고 곤두박질을 치고 있다.

이때 또다시 미쓰비 측에서 은밀한 제안이 들어왔다.

연구 일지만으로 전에 이야기하던 만큼의 비용을 지불할 수 없다는 소리였다.

그러면서 그들은 현재 일신 컨소시엄이 천하 컨소시엄으로부터 구입한 플라즈마 실드 발생 장치를 요구하였다.

물론 미쓰비 중공업에서는 일신이 가지고 있는 플라즈마 실드 발생 장치 200개 모두를 원하였지만, 신영민은 그것의 가치를 깨닫고 거부를 하였다.

그러면서 원래 대호의 연구 일지를 구입하려고 했던 금액을 높여 불렀다.

신영민이 협상 가격을 올릴 수 있었던 이유는 그들이 자신들이 확보한 플라지마 실드 발생 장치를 간절히 원하고 있음을 알았기 때문이다.

더욱이 정부에서 이것을 전략 물자로 묶어 두어 외부로 반출하지 못하게 하였다는 사실을 뒤늦게 알게 됨으로써 신영민의 머리를 빠르게 돌아가게 만들었다.

정부에서 전략물자로 묶은 물건이기 때문에 200개 전량을 일본에 넘기나 적은 숫자를 넘기나 위험한 것은 같았다.

그렇다면 굳이 일본의 미쓰비 중공업에만 넘길 필요는 없었다.

그것을 원하는 곳은 많으니 말이다.

가까이는 세계 최강대국 미국이 있을 것이며, 21세기 떠오르는 강자인 대국 중국이 있을 것이며, 중국과 동맹이며 예전 최강대국 미국과 자웅을 겨루던 러시아가 있었다.

그들이라면 자신이 얼마를 요구하든 들어줄 것이 분명했다.

천조국이라 불릴 정도로 국방예산을 사용하는 미국이나, 옛 영광을 재현하기 위해 심혈을 기울이는 러시아, 21세기 들어 세계의 자본을 빨아들이며 급속도로 팽창하는 중국 역시 플라즈마 실드 발생 장치를 구입하기 위해 천문학적인 돈을 지불할 것이다.

이런 생각에 일단 협상이 진행되는 미쓰비 중공업에 상당한 금액을 요구하였다.

그리고 신영민의 예상대로 그들은 관심을 보였다.

물론 수량을 줄인 신영민의 행동에 조금 껄끄러운 모습을 보이기는 하였지만 현재 갑(甲)은 신영민 본인이었기에 결코 물러날 생각이 없었다.

이번 기회를 적절히 사용한다면 어쩌면 후계자 정도가 아니라 여차하면 아버지를 밀어내고 일신그룹을 차지할 수도 있을 것이란 생각을 하고 있었다.

막말로 주식을 가장 많이 가지고 있는 사람이 회사를 차지하는 것이다.

이미 미쓰비에서 어느 정도 협상의 여지가 있음을 들었기에 신영민은 자신 있었다.

그래서 자신의 오른팔인 김상문 비서실장을 이번 일에 끌어들이려는 것이다.

그가 자신의 일거수일투족을 아버지에게 분기별로 보고를 하고 있음을 잘 알고 있다.

하지만 그건 자신이 일신그룹의 후계자에서 멀어졌을 때의 일이다.

만약 자신이 일신그룹의 후계자에 가까웠다면 그렇지는 않았을 것이다.

그리고 후계자 정도가 아니라, 사용하기에 따라 그룹의 회장 자리도 가능하게 된다면 김상문 비서실장이 결코 자신을 배신하지 않을 것이란 확신도 있다.

신영민이 이런 확신을 가지는 이유는 같은 급의 비서들 중에서도 자신을 수행하는 김상문이 가장 대우를 못 받고 있기 때문이다.

지금은 힘이 없어 참고 있지만 김상문 비서실장도 자신과 비슷한 과라는 것을 잘 알고 있는 신영민이다.

"김 실장, 걱정하지 말고 이번 일만 잘 처리하면 내 부사장 자리라도 알아봐 주지!"

신영민은 혹시나 김상문이 자신의 일을 아버지에게 보고를 할까 봐 이렇게 부사장 자리를 제안하였다.

"미쓰비에서 도와주기로 했으니 절대로 실패할 수가 없어. 그러니 걱정하지 말고, 알았지?"

"알겠습니다."

김상문은 신영민의 제안에 고민을 하던 것을 털어 냈다.

신영민의 말대로 미쓰비 중공업에서 신영민을 도와주기로 했다면 게임을 이미 끝난 것이나 마찬가지였다.

미쓰비 중공업의 역량을 너무도 잘 알고 있는 김상문이었다.

회사의 비서실장 정도의 위치에 오르기 위해선 많은 것을 공부해야만 한다.

그리고 그중에는 세계에 있는 많은 기업들의 정보에 대한 것도 포함이 된다.

물론 모든 국가에 있는 기업들을 알 수는 없지만, 상위에 속하는 그룹이나 기업들, 그리고 자신이 소속된 회사와 관련이 있는 기업이라면 모두 숙지를 하고 있어야 한다.

신영민 사장의 제안을 수락한 김상문은 빠르게 움직이기 시작했다.

브로커를 통해 노숙자들의 명의를 구입해야 하고, 또 그룹의 주식 중 주주회의에 영향력을 행사할 수 있는 주식만 분류해 매매를 해야 하기 때문에 그가 할 일이 무척이나 많았다.

그렇기 때문에 김상문은 바쁘게 움직였다.

햇볕이 잘 드는 실내 사내들이 모여 차를 마시며 이야기를 하고 있었다.

"첫째야!"

"예, 아버지!"

"어떻게 되어 가고 있느냐?"

천하그룹 정대한 회장은 창밖으로 넓은 정원을 보며 손에는 찻잔을 들어 차를 한 모금 마시며 천하그룹 사장에 있는 첫째 아들인 정명국에게 물었다.

"지금까지 순조롭게 진행이 되고 있습니다."

무언가 은밀하게 추진하는 일이 있는 것 같은데 자세한 내용은 이야기하지 않고 그들만 알아들을 수 있는지 대화는 주어가 빠진 상태에서 진행이 되었다.

"둘째 너희는 어떻게 되고 있느냐?"

첫째 정명국의 대답에 이번에는 고개를 돌려 천하 디펜스의 회장인 정명환에게 물었다.

"저희는 이번 XK—3프로젝트를 마무리하는 데 총력을 기울이고 있는 처지라 그리 많은 준비를 하지 못했습니다."

"그래? 하는 수 없지. XK—3프로젝트가 원체 많은 비용이 들어가는 일이라 여유가 없겠지."

정대한도 정명환의 대답에 고개를 끄덕일 수밖에 없었다.

XK—3프로젝트, 즉, 차세대 주력전차 개발 프로그램인 그것에 선정이 되어 천하 컨소시엄이 개발한 백호가 정식으로 진행이 되었다.

육군으로부터 내후년까지 500대 납품을 하기로 계약을 하였지만, 올해 인도받을 100대는 현재 개발된 기본 옵션으로 납품 계약을 하였지만 나머지 400대 그리고 차후에 국방부가 예산을 마련됐을 때 추가 구매하기로 한 물량 500대는 기본형에 개량을 한 개량형을 납품하기로 했다.

그런데 이렇게 계약이 이루어진 이유는 현대전에 요구되는 시가전에 맞는 무장이나, 전차가 상대적으로 취약한 대공 능력을 향상시키기 위한 추가 무장에 대한 개량이 필요하다는 의견이 나왔기에 그렇게 계약을 하였다.

물론 기본형에 추가로 업그레이드되는 무장에 대한 가격은 별도로 비용을 추가하기로 하였다.

그래서 천하 컨소시엄 연구소에서 나온 안건으로 부족한 대공 능력을 향상시키기 위해 20㎜기관포나 30㎜기관포를 장착하는 안과, 천하 디펜스에서 생산되는 다목적 휴대미사일 게이볼그를 추가하는 안이 나와 그것을 검토하고 있었다.

이런 안이 나오게 된 것은 이런 시스템이 이미 검증이 되었기 때문에 좀 더 효율적인 것이 어떤 것인지 검토를 하는 중이었다.

러시아나 북한의 최신형 전차들은 포구에서 휴대 미사일을 발사하거나 포탑 외부에 설치를 하여 포탑 안에서 원격으로 발사를 할 수 있었다.

그래서 천하 컨소시엄에서도 대공 능력을 구형의 7.25㎜ 기관총으로 하는 것이 아니라 좀 더 강력한 무기로 대응하기로 하고, 20㎜나 30㎜기관포 내지는 휴대용 미사일의 탑재로 방향은 잡았다.

그리고 기관포로 방향을 잡았을 때는 20㎜보다는 30㎜기관포가 더 많은 지지를 받았다.

30㎜가 더 지지를 받는 이유는 20㎜보다 더 강력한 화력을 가지고 있어 시가전 지원에도 더 확실한 효과를 보일 수 있다는 장점 때문이다.

이런 연구 때문에 천하 디펜스에는 현재 여유 자금이 부족한 상태다.

그렇기에 정대한 회장의 질문에 정명환은 여력이 부족하다는 대답을 할 수밖에 없었다.

그렇지 않았다면 그도 자신의 아버지가 원하는 방향으로 일을 진행했을 것이다.

"요즘 수한이는 어떻게 지내고 있는지 알고 있나? 요즘 통 찾아오질 않아!"

아들들과 차를 마시며 사업 이야기를 하던 중 정대한은 문득 손자인 수한이 생각나 물었다.

수한은 현재 천하 컨소시엄의 수석 연구원으로 있으면서 엄청난 일을 하고 있었다.

XK—3프로젝트의 마무리를 위해 부족한 부분을 보완하기 위해 인공지능을 연구 중에 있었다. 거기다 천하 디펜스에서 추진하고 있던 재래식 무기 개량에도 힘을 쏟고 있었기 때문이다.

한 가지만으로도 엄청난 프로젝트인데도 수한은 두 가지 일을 하고 있었다.

그래서 그런지 요즘 정대한이 시간을 내 찾아가도 만나기가 어려웠다.

"아마 진행하고 있는 프로젝트 때문일 것입니다. 조만간 또 한 번 세계를 놀라게 할 만한 물건이 튀어나올 것 같습니다."

정명환은 아버지의 물음에 미소를 지으며 대답을 하였다.

그가 말을 하면서도 무언가 생각이 났는지 입가에 미소가 떠나지 않았다.

예전 한 번 추진하다 돈만 까먹고 실패했던 프로젝트가 똑똑한 조카로 인해 빛을 보게 생겼기 때문이다.

만약 재래식 무기 개량 프로젝트가 성공을 거둔다면 이건 플라즈마 실드 발생 장치 못지않을 정도로 세계를 놀라게 만들 것이 분명했다.

이미 구형이 되어 마땅한 사용처도 없어 애물단지가 된 재래식 무기들이 이 프로젝트로 인해 새롭게 각광을 받게 될 것이기 때문이다.

"이것만 완성이 된다면 플라즈마 실드 발생 장치 보다 더 많은 돈을 벌어 줄 것입니다."

정명환은 주먹을 불끈 쥐며 대답을 하였다.

그런 둘째 아들의 호언장담에 정대한은 고개를 갸웃거렸다.

"그래, 알겠다. 그럼 명국이는 내가 지시한 그것을 최대한 쥐어짜 모집하기 바란다."

"알겠습니다. 최선을 다하겠습니다."

"그래, 최선을 다하는 것은 좋은데, 그렇다고 그들에게 노출이 되면 안 된다. 알겠지?"

"물론이죠. 이제 복수의 시간만 남았습니다. 20년을 참았는데, 괜히 흥분해 실수를 하면 안 되죠."

"맞는 말이다. 20년을 기다린 복수다. 저들이 흔들릴 때 단숨에 목줄을 거머쥐어야 한다."

"네."

"알겠습니다."

정대한은 창밖의 노을을 보며 무언가 노려보듯 소리쳤다.

그런 정대한의 모습은 붉은 노을을 받으며 뭔가 아우라를 형성시키고 있었다.

7.
신영민의 욕심

대한민국은 지금 롤러코스터 탄 것 같이 연일 계속되는 뉴스로 정신을 차릴 수가 없었다.

자고 일어나면 갖가지 핫한 뉴스로 인해 국민들의 생활이 흔들릴 지경이다.

얼마 전에는 세계 최초로 플라즈마 실드라는 공상과학 영화나 애니메이션에서나 소개되던 것이 현실에서 실용화가 되었다는 뉴스를 접하고 환호를 하였는데, 불과 한 달도 되지 못해 국내 굴지의 대기업이 일신그룹이 무슨 이유에서인지 주식이 폭락을 하였다.

그 때문에 대한민국의 분위기가 또다시 1997년 연말에 있었던 경제위기가 다시 시작되는 것은 아닌가, 하는 두려움에 떨었다.

당시 대한민국은 대기업이 태우그룹이 부도 처리되었고, 많은 대그룹들이 IMF체제에 맞게 부채비율을 줄이기 위해 정리해고를 단행하는 등 전반적으로 무척이나 어려운 시기를 겪었다.

그런 기억이 있어서 그런지 이번 일신그룹의 주식폭락 사태에 많은 사람들이 우려의 시선으로 지켜보았다.

그렇지만 IMF 때와 현 일신그룹의 사태는 그 맥락이 다르다.

단기 사채의 위험성을 모르고 고도성장에 취해 대책 없이 방만하게 기업을 운영해 초래한 IMF 때와는 다르게, 이번 일신그룹의 주식 폭락 사태는 그들이 무리하게 사업을 추진하는 과정에서 불법 로비와 미래 진단 실패 때문이다.

더욱이 불법 로비를 하던 사실이 뒤늦게 외부에 알려지면서 1,000억이나 되는 돈이 로비자금으로 정계로 흘러갔으며, 또 어떤 이유에서인지 모르지만 1조란 자금을 운용해 사들인 물품이 사업의 실패로 애물단지가 되고 만 것이다.

이 소식이 전해지고 기존 일신그룹의 부정적인 이미지와 합쳐지면서 주식폭락 사태로 나타나게 되었다.

그렇지만 이러한 자세한 내막을 모르는 국민들은 제2의 IMF사태가 발생하는 것은 아닌가 하는 우려는 나타냈다.

◈ ◈ ◈

“청장님, 제발 도와주십시오.”

신원민은 방위사업청 박세기 청장을 찾아와 무언가 부탁을 하고 있었다.

“이번에는 또 뭘 가지고 그러는 것이오?”

박세기 청장은 자신을 보며 다급하게 도와달라는 부탁을 하고 있는 신원민을 보며 인상을 찡그렸다.

그도 그럴 것이 신원민이 국회의원들에게 로비를 하여 자신이 추진하던 사업을 늦추게 만들었기 때문이다.

방위사업청은 국방부 내 하부 조직으로 몇 년의 계획을 수립하고 움직이는 조직이다.

그런데 가뜩이나 추진하던 다른 사업들이 각종 로비와 연관되어 국민의 세금을 낭비한다는 비난을 받고 있던 차에 국방부가 야심차게 계획한 차세대 주력전차 개발과 도입 사업에서 고무적인 업적이 이루었다.

세계 최초로 플라즈마 실드라는 최첨단의 무기가 도입이

되었음은 물론이고, 모든 부품들이 국산이라는 것에 사람들의 호응을 불러일으켰다.

그 때문에 지금까지 방위사업청이 가졌던 부정적인 이미지가 어느 정도 씻기는 듯했다.

그런데 그에 초를 치는 인물이 바로 눈앞에 있는 신원민이었으니 박세기 청장의 입장에서 그가 도와달라는 지금의 부탁은 참으로 뻔뻔하고 또 마주하고 있는 것만으로도 화가 치밀어 오르는 일이었다.

그렇지만 방위사업청 청장으로 있는 박세기는 개인적인 이런 화를 밖으로 내보일 정도로 멍청하지는 않았다.

일신그룹이 현재 주춤하고 있기는 하지만 대한민국 재계 서열 5위라는 것은 결코 도박으로 딴 것이 아니었다.

포커페이스를 유지하며 다시 한 번 물었다.

"바쁘신 신원민 사장이 일개 방위사업청 청장에 불과한 날 찾아와 도와달라고 하는 이유를 찾을 수가 없군요?"

너무도 담담히 물어 오는 박세기 청장의 말에 신원민은 흐르지도 않는 땀을 닦는 시늉을 하며 말했다.

"음, 저……. 차세대 주력전차 심사에서 저희 일신 컨소시엄에서 만든 전차가 탈락을 하지 않았습니까?"

"그렇지요. 천하에서 개발한 백호가 육군의 차세대 주력전차로 선정이 되었지요."

박세기 청장은 신원민의 말에 담담히 대꾸를 하며 그의 얼굴을 쳐다보았다.

그런 박세기 청장의 말에 잠시 말을 멈췄던 신원민은 다시 한 번 한숨을 쉬며 자신이 하고자 하는 이야기를 시작하였다.

"천하에서 개발한 전차가 육군의 주력전차로 선정이 된 것에 이의는 없습니다. 저희가 개발한 전차가 육군의 욕구에 만족을 주지 못한 것 때문이니 어쩔 수 없지요. 그렇다면 저희가 개발한 전차를 외국에 팔 수 있게 허가를 내주시기 바랍니다."

신원민은 자신의 이복동생인 신영민이 추진하고 있는 일을 자신이 먼저 나서서 추진하기로 결심을 하였다.

더 이상 그룹에서 자신의 입지가 낮아지는 것을 걱정한 신원민은 방위사업청 청장을 찾아 먼저 그 일을 허가를 받아 신영민이 앞으로 나서지 못하게 하려는 의도였던 것이다.

그렇지만 박세기 청장의 입에서 나온 대답은 부정적인 내용이었다.

"신 사장, 지금 무슨 소리를 하는 것이오! 비록 일신에서 개발한 전차가 주력전차 선정 심사에서 탈락을 했다고 하지만, 함부로 외부에 노출시킬 수 있는 물건이 아니오. 아무리 일신에서 개발을 했다고 해도 국내 무기 체제를 잠재적 적국에 노출시킬 수도 있는 일인데…… 허락할 수 없습니다."

신원민의 부탁에 말을 하던 박세기 청장은 너무도 엉뚱한 신원민의 부탁에 기가 막혀 하며 그렇게 대답을 하였다.

도저히 허가할 수 있는 문제의 질문이 아니었다.

하지만 박세기 청장의 허가할 수 없다는 말에 신원민은 실망하지 않고 다른 부탁을 하였다.

"청장님, 그렇다면 저희가 가지고 있는 플라즈마 실드 발생 장치를 반품할 수 있게 도와주십시오."

"뭐요!"

사실 신원민이 부탁을 하고자 했던 말은 바로 이것이었다.

자신들이 개발했다고 하지만 분명 방위사업청에서는 자신의 말을 들어주지 않을 것이란 사실을 너무도 잘 알고 있는 신원민이었다.

그러니 들어줄 수 없는 것을 먼저 말하고, 그다음에 들어줄 수 있는 제안을 한다면 충분히 자신의 목적을 이룰 수 있다는 계산 아래 방위사업청을 찾았다.

만약 처음의 자신의 말을 들어주면 그것대로 자신에게 좋은 일이었다.

그렇지만 사실 그건 낙타가 바늘귀를 통과하는 것만큼이나

불가능한 일이다.

만약 몇 년이 흐른 뒤 대한민국 육군에 신형전차가 전량 배치가 완료된다면 허가가 떨어질 수도 있지만, 현재로서는 불가능이었다.

그러니 자신들이 비싼 돈을 주고 천하에서 사들인 플라즈마 실드 발생 장치를 반품하는 것이 최선이었다.

1조 원이나 되는 엄청난 자금을 들여 사들였지만 현재 그것은 애물단지였다.

분해하여 그것의 원리를 연구하고 싶으나 그러지도 못했다.

아니, 시도를 해 보았지만 시도는 실패로 돌아갔다.

50억이나 주고 사들인 플라즈마 실드 발생 장치를 연구하기 위해 분해를 하였다.

하지만 분해를 하기 위해 공구를 가져가 작업을 하다가 폭발하는 사고가 발생을 하였다.

처음 몇 번은 부주의에 의한 실수라 생각을 하였지만 그런 사고가 몇 번 더 발생을 하다 보니 그건 사고가 아니라 천하 컨소시엄에서 플라즈마 실드 발생 장치에 보안 장치를 한 것으로 결론을 내릴 수밖에 없었다.

드릴 머신으로 구멍을 뚫어 보려고도 해 보았고, 워터제트

절단기 위험하지만 플라즈마 절단기 등을 사용해 보았지만 소용이 없었다.

충격에는 어느 정도 버티는 것 같았지만, 구멍을 뚫거나 전기 또는 열을 가하고 또 상자가 공기와 접촉을 하게 되면 폭발을 하는 것으로 보였다.

거기에 일신에서 더 이상 시도를 하지 못한 이유는 플라즈마 실드 발생 장치가 폭발했을 때 그것의 폭발력이 웬만한 폭발물과 동일했기 때문이다.

그 때문에 플라즈마 실드 발생 장치를 분해해 연구하겠다는 생각은 접게 되었다.

그 뒤로 일신그룹에게 플라즈마 실드 발생 장치는 진정한 애물단지가 되고 말았다.

분명 엄청난 아이템이기는 하지만, 자신들이 개발한 것이 아니고 또 전략물자로 분류되어 다른 곳에 판매를 할 수가 없는, 몇 개 파괴되기는 하였지만 아직도 190여 개가 남아 있기에 그것을 관리할 공간과 유지비용이 따로 들어가는…… 정말이지 신원민에게 그것만큼 애물단지가 없었다.

플라즈마 실드 발생 장치 그것 때문에 몇 년을 노력한 결과물이 수포로 돌아갔으며, 또 탄탄하던 그룹 후계자의 자리도 위태롭게 되었다.

신원민은 간절한 표정으로 박세기 청장을 보며 자신이 가지고 있는 플라즈마 실드 발생 장치를 천하 컨소시엄에 반품을 할 수 있게 도와달라는 부탁을 다시 하였다.

"제발 부탁드립니다. 그것으로 인해 현재 저희 일신그룹이 흔들리고 있습니다."

"대그룹인 일신그룹이 겨우 그것 때문에 흔들리겠습니까?"

그룹이 흔들린다는 신원민의 말에 박세기 청장은 담담한 표정으로 그 말을 받았다.

그가 생각하기에 재계 서열 5위나 되는 일신그룹이 겨우 한차례의 사업 실패로 흔들린다고 생각하지 않았다.

그리고 그건 당연한 생각이었다. 다만 현재 일신그룹이 박세기 청장이 생각하는 그 이상으로 위기에 봉착했다는 것이다.

일신그룹은 겉보기보다 내실이 부족한 상태였다.

사세 확장을 위해 너무도 방만하게 그룹을 운용했기 때문이다.

그룹의 크기를 키우기 위해 멀쩡한 회사를 부도 위기로 만들어 그 회사를 사들이고, 또 그렇게 사들인 회사를 담보로 다른 회사를 노리는 등 정말이지 문어발식 사업 확장을 하였다.

마치 탐욕스러운 암 덩어리가 주변 정상 세포를 잠식해 가듯 그렇게 사업을 확장하다 보니 일신그룹의 부채 비율은 여느 그룹보다 200~300%정도 높았다.

그러다 보니 재계 서열 5위라는 위상에도 불구하고 단 한 번의 사업 실패와 1조 원의 자금이 엉뚱하게 쓰여 여유자금이 없다는 소식이 전해지면서 지금의 위험을 초래하였다.

그러니 신원민은 회사 자금 1조 원을 투입해 구매하였지만 애물단지가 된 플라즈마 실드 발생 장치를 어떻게든 반품해 자금을 회수해야만 하였다.

"그건 천하 컨소시엄과 협의를 해야 할 문제가 아닙니까? 그걸 왜 저희에게 가져와 부탁을 하는 것입니까?"

박세기 청장은 무척이나 불쾌한 표정으로 물었다.

얼마 전 그렇게나 고압적인 태도로 천하 컨소시엄에서 개발한 플라즈마 실드 발생 장치를 구매할 수 있게 해 달라고 압력을 행사하더니, 이제 와 그것을 반품하겠다는 신원민의 태도에 화가 나 더 이상 포커페이스를 유지할 수가 없었다.

"지금 장난하는 겁니까? 전에 와서 뭐라고 했습니까? 이후 일은 신 사장이 알아서 하겠다고 했지 않습니까? 이제 와 이러는 저의가 뭡니까?"

한 번 화가 폭발하자 박세기 청장은 쉬지 않고 신원민에게 쌓였던 감정을 풀었다.

그렇지만 화를 내고 있는 박세기 청장의 말에 신원민은 어떤 말도 할 수가 없었다.

현재 그는 어떻게 하던 애물단지로 전락한 플라즈마 실드 발생 장치를 반품해야만 했다.

몇 개 연구를 하겠다고 소모를 하였지만 아직도 190여 개나 남아 있다.

원금 1조 원 모두를 회수할 수는 없겠지만 대부분 회수할 수 있을 것이다.

그렇게만 된다면 현재 폭락하고 있는 주식을 어느 정도 방어할 수 있을 것이란 생각에 신원민은 제발 박세기 청장이 이것을 도와주길 원했다.

"청장님, 비록 현재 일신이 흔들리고 있지만 곧 제자리를 찾을 것입니다. 더 위로 올라가셔야죠? 장관도 하고 국회의원도 하고 하셔야지요. 참! 아드님이 다니는 회사가……."

협박과 부탁을 교묘하게 섞어 하는 신원민의 능수능란한 언변에 박세기 청장의 인상이 구겨졌다.

화는 나지만 일신그룹의 후계자인 신원민의 부탁을 더 이상 거부할 수도 없었다.

신원민의 말처럼 일신그룹이라면 충분히 그럴 수 있기 때문이었다.

물론 그런 것을 무시하고 눈 한 번 질끈 감으면 되지만, 그 뒷감당을 할 자신이 없어졌다.

수한은 현운사의 산문을 넘으며 생각에 잠겼다.

몇 해 전까지만 해도 이곳에 들르면 자신을 맞이하는 포근한 미소가 있었다.

하지만 지금은 그런 포근한 미소를 볼 수가 없었다.

자신의 생명의 은인이며 또 전륜성황의 화신이라며 떠받들던 의붓 할아버지 혜원이 더 이상 이곳에 없기 때문이다.

종교인으로서 업(業)보다 지킴이라는 민족수호 단체의 수장으로서의 생에 더 의미를 두고 살았던, 그래서 수한이 더욱 존경했던 의붓 할아버지인 혜원은 이 년 전 이맘때 입적하셨다.

원래는 유언에 따라 간단하게 입적 절차를 끝내려 하였지만, 승려로서도 많은 덕을 쌓은 덕인지 전국에서 그의 입적 소식을 듣고 구름처럼 승려들이 모여들었다.

그 때문에 잠시 설왕설래가 있었다.

하지만 상주로서 수한이 있고, 또 혜원의 양녀로 등록한 최성희가 있었기에 원만하게 진행이 되었다.

다만 승려들의 주장대로 혜원의 다비식을 치르게 되었다.

사실 혜원은 죽으면서 유언으로 다비식을 하지 말고 그냥 화장을 하라고만 하였다.

그런데 승려들이 모이면서 그냥 화장이 아닌 불교식 화장인 다비식을 하게 된 것이다.

그건 종교인으로서도 대스승의 위치에 있었던 혜원인지라 그의 밑에서 조금의 가르침을 받았던 승려들이 혜원이 다년간 수련한 불성(佛聖)을 후세에 전해야 한다는 주장에 수한이나 최성희도 승낙을 하였다.

사실 수한도 자신의 의붓 할아버지인 혜원이라면 충분히 부처라 불릴 수 있을 정도로 도(道)를 알고 있는 고승이라 생각했다.

다비식을 치르고 나온 사리는 대웅전 본존불이 있던 자리에 자리하게 되었다.

목각에 금칠을 한 부처님의 상을 치우고 혜원의 몸에서 나온 사리를 담은 사리함을 가져다 놓은 것이다.

오히려 그것이 이곳을 지키는 최성희나 혜원을 알고 찾아오는 이들에게 더욱 뜻깊을 것이기 때문이다.

산문을 넘다 생각을 하던 수한은 얼른 대웅전으로 향했다.

가장 먼저 혜원을 만나고 싶었기 때문이다.

예전에는 대웅전에 들어서기도 전에 자신이 온 것을 알고 맞아 주던 의붓 할아버지 혜원은 이젠 없지만, 대웅전 본존불이 있던 자리에 있는 사리함을 정면으로 보게 된 수한은 문득 죽은 혜원이 자신을 맞아 주는 것만 같아 마음이 푸근해졌다.

"할아버지, 저 왔습니다."

사리함을 보며 그렇게 말을 한 수한은 조용히 절을 하였다.

수한이 절을 하고 잠시 혜원의 사리함을 보며 이야기를 하고 있었다.

얼마를 그렇게 혼자 이야기를 하고 있었는지 모른다.

이때 대웅전 입구에 누군가의 그림자가 비추었다.

"모두 모이셨다."

언제 왔는지 대웅전 입구에 양모인 최성희가 수한에게 말을 하였다.

"예, 잠시 만요. 할아버지께 마지막 인사드리고요."

최성희에게 말을 하고 다시 고개를 돌린 수한은 혜원의 사리가 담긴 사리함에 대고 말을 걸었다.

"회합에 모두 모여 있다네요. 다음에 한가하게 되면 다시 찾아와 다시 이야기 들려드릴게요."

수한은 마치 살아 있는 혜원에게 이야기를 하듯 그렇게 말을 하고 자리에서 일어났다.

그런 수한의 모습에 뒤에 있던 최성희도 경건한 표정으로 혜원의 사리함에 고개를 숙였다.

혜원이 입적을 하고 현운사는 현재 혜원의 양녀인 최성희가 지키고 있었다.

양아들인 수한을 돕기 위해 미국에서 공부했던 것은 모두 접고 몸이 쇄한 혜원을 수발하던 최성희는 그가 입적을 하고 난 뒤에도 이곳 현운사를 떠나지 않고 가꾸고 있었다.

그녀가 그러는 이유는 이곳 현운사가 단순히 양부인 혜원이 머물던 사찰만이 아니라 그가 수장으로 있던 지킴이라는 조직의 회합 장소로 이용이 되던 곳이기 때문이다.

대웅전을 나와 객방이 있는 곳으로 향했다.

"수한입니다. 들어가겠습니다."

수한은 객방 문 밖에서 조용히 자신을 알렸다.

수한이 멈춰 선 객방은 바로 혜원이 살아생전 지킴이 회합을 가질 때면, 회원들이 모이던 회합 장소였다.

지리산 깊은 곳에 위치한 현운사이고 주변에 인가라고는 10㎞ 반경에는 찾아볼 수가 없다.

그러니 따로 은밀한 장소를 만들기보다는 이렇게 객방 한 쪽에 넓은 방을 하나 만들어 회합 장소로 사용을 한 것이다.

"회주, 들어오시오."

굵은 목소리가 방 안에서 들려왔다.

혜원이 입적을 하기 전 수한은 그의 유언에 따라 지킴이의 수장이 되었다.

원칙대로 한다면 어린 수한이 지킴이의 수장으로 앉는다는 것은 말이 되지 않는 일이었다.

수장이 죽거나, 수장으로서 활동을 할 수 없게 되면, 그다음 서열의 회원이나 장로의 위치에 있는 인물들이 수결(手決)로 다음 수장을 뽑았다.

하지만 현대에 들어서면서 그런 방식보다는 전임 수장이 자신의 다음 대 수장이 될 인물을 추천하는 방식으로 바뀌었다.

지킴이의 수장 선출 방식이 바뀐 이유에는 근대에 들어 정부의 탄압도 있었고 또 일제강점기에 일본의 억압과 회원색출에 따른 위협 때문에 회합을 가질 여건이 되지 못했다.

한 마디로 민족정기를 말살하려는 일제의 눈을 피하기 위해 점조직으로 지킴이를 운영하다보니 어쩔 수 없이 회합을 통한 선출보단, 수장의 추천이나 그렇지 못할 땐 장로의 추천으로 수장을 뽑기에 이른 것이다.

그것이 현대에 들어와서도 오랜 기간 혜원이 수장의 역할을 잘 수행했을 뿐 아니라 지킴이 내부에서도 예전과 다르게 조직의 결속이 조금은 느슨해졌다.

일제강점기와 다르게 대한민국 정부가 들어서고 민주주의가 기본 이념으로 들어서면서 지킴이가 가지는 민족수호와 보존이라는 정신이 강조될 이유가 없기 때문이다.

다만 언제 다시 일제강점기와 같은 일이 벌어질지 모른다는 위기감에 예전에 했던 실수를 다시 하지 않기 위해 인적이 드문 곳에서 수련을 하기보다는 세속(世俗), 즉, 사회 안으로 스며들어 그 안에서 위정자들을 감시하고 또 각자 소속된 곳에서 힘을 기르기로 한 것이다.

조선이 일본에 강점된 이유가 위정자들의 배신 때문이라 생각하는 지킴이들이었기에 그런 조치를 취했다.

그리고 지킴이는 점조직으로 수장만이 모든 회원들의 정체를 알고 있으며, 장로도 동료 장로들과 자신이 맡은 계열 외에는 다른 회원을 알 수가 없었다.

수한은 혜원이 지목한 차기 수장이며, 지금 모인 장로들도 어려서부터 지켜봐 왔기에 비록 어린 나이지만 수장으로서 부족하지 않아 장로들은 아무런 이견 없이 지킴이 수장으로 받아들이게 되었다.

"회주, 무슨 일로 장로들을 모이게 한 것이오?"

라이프 제약의 사장으로 있는 조봉구가 물었다.

비록 수한이 주인으로 있는 라이프 제약이고 또 전문경영인으로 조봉구가 사장으로 앉아 있지만 현재는 그런 위치가 아닌 지킴이의 장로와 회주로서의 관계에 있기에 그렇게 물은 것이다.

"예, 제가 장로님들을 모두 모이시라고 한 것은 이제 저희 지킴이가 본격적으로 움직여야 할 때가 온 것 같아 그렇습니다."

수한은 조봉구 장로의 질문에 시기가 되었다는 말로 시작하였다.

"현재 대한민국은 무척 불안한 형국입니다."

"그건 또 무슨 소리요?"

수한이 대한민국이 무척 불안하다는 말에 다시 한 번 조봉

구가 물었다.

그저 일개 제약회사를 운영하고 있는 그로서는 자신의 조국이 불안하다는 말에 고개를 갸웃거렸다.

얼마 전에 눈앞에 있는 수한이 아주 특별한 것을 개발해 막강한 무기를 손에 넣어 대한민국의 안보가 탄탄해질 것이라는 뉴스가 전국을 울렸다.

그런데 그것을 개발한 본인이 위기론을 펴니 놀라 물은 것이다.

"여러 어르신들도 들어 아실지 모르겠지만, 제 집안에서 운영하는 기업에서 특별한 무기를 만들어 낸 것은 알고 계시겠지요?"

수한은 자신이 개발한 플라즈마 실드 발생 장치에 관해선 말하지 않고 천하 컨소시엄에서 개발하고 육군과 납품계약을 한 백호에 관한 말만 하였다.

그런 수한의 말에 실내에 있던 장로들은 하나같이 고개를 끄덕였다.

그들도 뉴스를 통해 소식을 접했기 때문이다.

"그렇다면 그것을 차지하기 위해 주변 사 개 국은 물론이고 유럽의 군사강국들도 스파이들을 한국에 그것의 정보를 빼내기 위해 모여들고 있습니다."

수한의 말이 끝나기 무섭게 한 사람이 수한의 말을 보충하였다.

"스파이들뿐 아니라 회주를 납치하기 위해 무력대까지 들어와 있는 상태입니다."

수한의 말을 덧붙인 사람은 바로 지킴이의 장로이면서 국정원 차장으로 있는 김석원이었다.

그는 국정원 내에서도 아주 은밀한 5국의 인물로 국정원장 직속으로 아직 편성이 되지 않은 테러 보복팀의 수장을 맡고 있는 인물이다.

이전에는 해외 파트인 1차장으로 있었지만 각국의 정보부에서 운영하는 배신한 요원의 처리나 주요인물의 납치를 하는 부서가 국정원 내에도 필요하다는 요구에 의해 국정원 내에 5국이 꾸려지면서 그 자리에 앉게 된 사람이다.

다년간 1차장으로 지내면서 국정원 내에 전설을 만들어 낸 인물이기도 했다.

비록 아직 그의 밑으로 요원이 완전히 편성된 것은 아니지만 국정원에서도 조속한 시일 내에 CIA처리팀이나 중국의 국가안전부소속 특수팀인 흑검과 같은 처리팀을 갖춰 가고 있었다.

그러다 보니 그의 비밀취급인가 권한은 1급이었다.

즉, 국정원장이 볼 수 있는 것은 어떤 것이든 모두 볼 수 있다는 소리였다.

그런 그가 본 정보 중 천하 컨소시엄의 연구원들을 납치하기 위해 중국에서 흑검이 들어왔으며, CIA처리팀까지 국내에 이미 들어와 있는 상태라는 것이다.

더욱이 흑검들의 행동이 너무도 과격하기에 그것을 막을 수 있는 국내 조직이 없어 CIA처리팀을 간접적으로 불러들인 경황이 그의 눈에 포착이 되었다.

아무리 국정원 내부 차장이지만 각 부서의 일을 모두 알 수 있는 것은 아니고 또 국정원장의 지시를 모두 알 수 없어 뒤늦게 알게 된 정보다.

이런 정보를 지금 회합 자리에서 밝히자 장로들의 눈빛이 달라졌다.

지금은 덜하지만 지킴이 회원들에게 외국의 무력을 가진 조직은 무척이나 민감한 사안이었다.

그건 일제강점기에 지킴이 회원들을 고문하던 일본 순사들과 지킴이 회원들을 잡기 위해 동원된 일본의 흑룡회 회원들 때문이다.

"회주, 김 국장의 이야기를 들어 보면 꽤 위험할 것 같은데, 괜찮겠나?"

조봉구는 수한을 보며 걱정스러운 듯 물었다.

"그리 걱정하시지 않아도 됩니다. 천하가드에서 보디가드도 보내 줬고, 또 제 개인적으로도 경호원과 함께 다니니 너무 걱정하지 않으셔도 돼요."

"그럼 다행이고, 그런데 정규 회합 날도 아닌데 굳이 오늘 긴급 회합을 제의한 이유가 뭔가?"

조봉구는 현재 모인 장로들 중에서 가장 수한과 가까이 있고, 자주 마주하니 다른 장로들 보다 말하기 편해 장로들을 대표해서 수한에게 오늘 긴급 회합을 제의한 이유를 물었다.

자신이 긴급 회합을 요청을 한 것에 장로들이 궁금해하는 것을 알게 된 수한은 차분히 자신이 긴급 회합을 요청한 이유를 설명하였다.

"현재 대한민국이 일신그룹의 일로 좀 혼란스러운데, 욕심 많은 그들이 이대로 있을 것 같지 않습니다."

"그건 또 무슨 소리입니까?"

"아실지 모르겠지만, 일신그룹은 일본의 기업과 컨소시엄을 형성해 국방부에서 추진하던 육군의 차세대 주력전차 개발 사업에 뛰어들었습니다."

수한은 천하 컨소시엄에서 획득한 육군의 차세대 주력전차 개발사업에 관한 이야기를 하였다.

그러면서 천하 컨소시엄과 경쟁을 하던 일신그룹이 컨소시엄을 형성한 일본 기업에 대한 이야기를 이었다.

“비록 숨긴다고 숨겼지만, 그들이 끌어들인 대상이 미쓰비와 혼타였습니다.”

수한은 일신 컨소시엄에 속한 일본 기업이 표면적으로 들어난 기업이 아닌 우익으로 널리 알려진 미쓰비 중공업과 혼타 자동차 그룹이란 것을 장로들에게 들려주었다.

혼타와 미쓰비는 단순한 일본의 대기업이 아니다.

한민족에게 커다란 상처로 얼룩진, 아니, 피로 얼룩진 이름.

일제강점기에 많은 조선인들을 징용이라고 끌고가 중노동을 하게 하였으면서도 보상도 재대로 해 주지 않았다.

그뿐이 아니다. 그들은 뻔뻔하게도 한반도가 일제치하에서 해방이 된 뒤 미지급 임금도 수작을 부려 돌려주지 않았다.

그러면서 오히려 자신들이 피해자처럼 행동하고 있다.

더욱이 혼타와 미쓰비는 일본의 극우단체인 적성회나 일본 애국당 등에 막대한 후원을 하고 있었다.

그런데 일신그룹은 한국을 적대하는 단체에 후원을 하는 혼타와 미쓰비와 손을 잡고 자국의 차세대 주력전차를 개발하려고 하였으니 참으로 어처구니없는 일이라 하지 않을 수가 없었다.

"설마?"

김석원은 이야기를 듣고 있다 뭔가 머릿속을 스치고 지나가는 것이 있었다.

그가 파악하기로 혼타와 미쓰비 중공업은 단순하게 알려진 정도의 극우단체에 후원을 하는 기업이 아니라 일제강점기 때와 하나 다를 바 없는 그런 기업이었다.

오히려 예전보다 더한 극단적인 행보를 보이고 있었다.

다만 그것이 겉으로 알려지지 않았지 국정원에서 파악하기로는 일본 내 극우주의 기업들 중에서도 쌍두마차였다.

세계 각국의 중요 기술들을 합자라는 형태로 빼돌리고 있었다.

아마도 이번 컨소시엄에서도 분명 한국의 첨단 전차생산기술과 운용기술을 빼냈을지도 모를 일이었다.

실제로 상당부분 빼돌린 것은 물론이고 일신 중공업이 가지고 있던 기술을 얻기 위해 신영민과 은밀하게 협상을 하고 있었다.

"제가 파악하기로 미쓰비와 혼타는 이번 차세대 주력전차 개발을 하면서 상당한 양의 자료를 빼돌린 것으로 파악되고 있습니다. 뿐만 아니라 이 시간에도 저희가 개발한 플라즈마 실드 발생 장치의 자료를 빼내기 위해 은밀하게 움직이고 있다고 합니다.”

수한은 자신이 리철명과 김갑돌에게 지시해 만든 보안대를 통해 일신 컨소시엄을 감시하게 했었다.

분명 그들이 어떤 형태로든 자신이 개발한 플라즈마 실드 발생 장치를 가지고 수작을 부릴 것을 알고 그것을 감시하게 한 것이다.

그리고 그런 생각은 역시나 하는 것으로 판명이 되었다.

보안대 인원 중 침투에 특화된 대원이 일신 컨소시엄에 침투를 해 알아본 결과 벌써 10기 이상이 모처로 빼돌려졌다는 것을 알게 되었다.

그리고 플라즈마 실드 발생 장치를 분해하려다 폭발사고로 연구원들이 많이 다쳤다는 보고도 받았다.

그런데 웃긴 것이 이런 사고에도 불구하고 일신 쪽에서 소문을 막고, 이것을 외부로 반출하려는 움직임이 있다는 것이었다.

이는 아주 우연히 알게 된 것인데, 이번 차세대 주력전차 개발사업의 실패로 굳건했던 신원민 사장의 후계자 구도가 흔들리게 되었고, 그 때문에 후계자 자리에서 밀렸던 일신 제약의 신영민 사장이 이것을 기회로 여기며 다시 한 번 후계자 자리에 도전을 하려고 한다는 것이다.

그렇지만 비록 탄탄하던 후계자 자리가 흔들리고 있다고 하지만 신영민이 신원민을 단숨에 능가하기란 불가능했다.

그런데 이런 불가능한 것을 가능하게 하는 것이 있었으니 그건 주식이었다.

일신그룹의 주식은 일신그룹 회장인 신상욱 회장이 다수 가지고 있다고 하지만 자세히 살펴보면 비집고 들어갈 틈이 있었다.

사실 일신그룹의 주식 보유 현황을 보면 사주일가인 신상욱 회장이나 맏아들인 신원민 사장 등 가족이 가지고 있는 주식은 생각보다 많지 않다.

다만 우호 지분이 상당하기에 어느 누구도 적대적 인수를 하지 못하는 것뿐이다.

그런데 이때 가족 중 한 명이 반기를 들고 이번 사태로 인해 떨어진 주식을 대량 매입을 한다면 충분히 가능성이 있었다.

이런 사실을 알고 신영민이 미쓰비와 협상을 벌이고 있었다.

그리고 그것을 우연히 알게 된 대원이 수한에게 알려온 것이다.

현재 진행형으로 벌어지고 있는 신영민 사장의 일탈을 말이다.

튼튼한 제방도 작은 구멍 하나로 무너진다.

현재 신영민 사장이 벌이고 있는 짓은 그의 아버지가 보기에 배신 행위와도 같은 일이지만 신영민은 일신그룹의 회장이 되기 위해 그런 것쯤은 아무렇지 않았다.

비록 아버지이기는 하지만 첩의 자식인 자신보다는 본부인에게서 본 신원민을 더욱 아끼고 있으며, 많은 차별을 했기 때문이다.

어려서부터 신원민과 차별을 받았으며, 또 언제나 자신의 말보다 신원민의 말에 더욱 신뢰를 하는 아버지를 신영민은 결코 잊지 않고 있었다.

그러니 신원민이 책임지던 일신 컨소시엄의 자료를 헐값에 미쓰비에 넘기는 것은 물론이고, 어렵게 확보한―지금은 애물단지가 된― 플라즈마 실드 발생 장치까지 빼돌리려는 것이다.

비록 신원민에 밀려 계열사 중 가장 작은 일신 제약을 맡고 있지만 그렇다고 머리가 없는 것은 아니다.

신영민도 수한이 개발한 플라즈마 실드 발생 장치가 얼마만한 가치를 가지고 있는지 너무도 잘 알고 있었다.

이미 자신의 배다른 형인 신원민이 담당하던 사업의 자료를 빼돌려 자신의 이익을 보려던 신영민에게는 또 다른 흠이 될 플라즈미 실드 발생 장치는 자신에게 엄청난 부를 가져다 줄 물건에 지나지 않았다.

수한도 이런 생각을 하는 신영민이 이다음에 어떻게 나올 것인지 짐작할 수 있었다.

그리고 지금 이것이 바로 수한이 지킴이 장로들과 긴급 회합을 가지려는 목적이었다.

장로들 중에 국정원 고위직이 있음을 잘 알고 있는 수한이다.

그러니 당연 그에게 알려 민족의 원수와 손을 잡고 민족정기를 훼손하려는 일신그룹에 철퇴를 가해야 하지 않겠는가.

오래전 어린 자신을 자신들의 목적을 위해 납치를 하는 것은 물론이고, 납치한 아이들을 세뇌시켜 자신들의 목적을 위해 이용을 하는 일신그룹을 결코 이 땅에 남겨 둘 수 없다는 생각을 하고 있던 수한으로서는 이번이 일신그룹을 무너뜨릴 절호의 기회였다.

정당한 경쟁을 통해 일신그룹을 쓰러뜨리는 것도 좋지만 그들이 빈틈을 보일 때 그것을 비집고 들어가는 것도 좋았다.

더욱이 탐욕으로 뭉친 이들이기에 일신그룹을 무너뜨리는

것에 절대 흔들리지 않을 것이다.

"일신제약의 신영민 사장을 주시하시기 바랍니다. 그가 미쓰비 중공업의 인사와 자주 접촉을 하고 있다고 합니다. 그리고 정보에 의하면 신영민 사장은 일신 컨소시엄이 확보 중인 플라즈마 실드 발생 장치를 국외로 유출하려고 하고 있습니다."

"헉!"

수한의 말에 김석원 국장이 놀라 짧은 신음을 흘렸다.

국내에서도 몇몇 인사들만 알고 있는 전략물자인 플라즈마 실드 발생 장치다.

김석원도 그것에 대한 자세한 정보는 가지고 있지 않았다.

다만 현대 과학 기술로는 불법 복제가 불가능한 물건이라고만 알고 있었다.

"회주!"

다급한 마음에 수한을 부르는 김석원이었다.

그런 석원의 부름에 수한은 담담히 대답을 하였다.

"예, 말씀하십시오."

수한의 대답에 김석원은 궁금한 점을 질문하였다.

"내가 알기로 그건 현대 기술로는 복제가 불가능하다고 하던데 무엇 때문에 그렇게 신경을 쓰는 것입니까? 더욱이 듣기로 일신 컨소시엄에서 그것을 복제하기 위해 분해를 하다 폭발사고가 몇 차례 있어 중단하였다고 하던데?”

자리에 있던 장로들은 김석원의 말을 듣고 고개를 갸웃거렸다.

그런 것이라면 굳이 걱정을 하지 않아도 될 문제 같았다.

“그렇긴 합니다. 다만 이번이 아주 좋은 기회 아닙니까? 민족정기를 훼손하는 일신그룹을 이번 기회에 정리를 하는 것이 앞으로 대한민국이 세계로 뻗어 나가는 데, 걸림돌을 치우는 일이라 생각합니다. 일본에 빌붙어 자신들의 이익만 추구하는 일신그룹의 신상욱 회장과 그 일가를 쳐 내야 대한민국이 이름에 걸맞게 크는 일이라 생각합니다.”

수한은 자신의 생각을 여러 장로들이 있는 곳에서 피력하였다.

전생에서는 자신의 연구에 미쳐 자신이 몸담고 있던 나라가 기운지도 모르고 있었다.

그 때문에 나라 안에 배신자들이 고위직에 앉아 제 배만 채웠다.

그리고 그 과정에서 자신 또한 목숨을 잃었다.

그런 기억이 있기에 수한은 절대로 자신의 조국에 해악을 끼치고 자신들만 잘살겠다는 일신그룹을 그냥 두고 보지 않으려는 것이다.

"그것이 우리가 있는 존재 이유이지 않겠습니까?"

수한은 장로들에게 자신들의 모임인 지킴이들이 해야 할 소명에 대하여 말을 하며 이번 기회가 왔을 때 민족정기를 훼손하고 있는 일신그룹을 처리하자는 의견을 냈다.

확실히 수한의 말에 자리에 있는 장로들은 하나같이 고개를 끄덕였다.

사실 이 자리에 있는 장로들도 잘 알고 있었다.

그동안 일신그룹과 그 계열사들이 벌이고 있는 일들이 얼마나 민족에 해악이 되고 있는지 말이다.

집단 이기주의는 물론이고, 계층 간의 갈등을 조장하는 행위를 당연시 여기게 만들 것이 바로 일신그룹과 그 계열사들이다.

또 그에 동조하는 거대 기업들이 대한민국을 통합하지 못하게 만들었다.

그랬기에 수한의 말에 수긍을 할 수 있는 것이었다.

수한은 의붓 할아버지인 혜원의 옆에서 지킴이라는 이 민족수호 단체가 얼마나 거대한지 보았다.

비록 강제력은 없지만, 소속원 개개인이 자신들의 일에 얼마나 자긍심을 가지고 맡은 바 일을 하는지 겪었다.

그리고 다양한 방면에 포진해 있으면서 비록 큰 힘은 아니지만 그들이 모였을 때의 파급력 또한 그 뛰어난 머리로 떠올려 보았다.

각각 개인으로는 그리 큰 힘이 아니지만 그것이 모였을 때, 그 힘은 국내 최고 기업인 성삼그룹 그 이상이리라.

◈ ◈ ◈

제2 일신타워.

제2 일신타워는 일신그룹이 자신들의 역량을 총동원해 완성시킨 대한민국 최대 높이의 건축물이다.

국내 최대 높이인 578m, 130층인 이 제2 일신타워는 신상욱 회장의 오랜 꿈이었다.

자신의 야망을 실현하는 초석이다.

고도 제한 때문에 오랜 기간 부지를 마련하고도 사업을 추진하지 못했지만, 결국 이루어 냈다.

오랜 기간 정치권에 로비를 한 결과 공군의 비행 경로를 바꾸게 하는 결과를 만들어 낸 것이다.

사실 이건 세계 어느 나라를 막론하고 말이 되지 않는 일이었지만, 정치권과 야합을 하여 이루어진 결과였다.

어떻게 국가 방공에 저해하는 행동을 하면서도 그것이 기업의 경제 활동을 제한을 하는 것으로 매도할 수 있으니 참으로 어처구니가 없었다.

그렇지만 일신그룹은 일부 잡음이 이는 것을 무마하기 위해 자신들에게 유리한 언론을 이용하여 비판하는 여론을 묵살하였다.

아무튼 이렇게 어렵게 완공한 일신타워는 그 뒤로도 문제가 많았다.

공사구간 인근에 도시형 싱크홀이 발생하는가 하면, 완공한 지하 대형 수조관의 물이 새는 등 안전상 문제가 나타나기도 했지만 그런 것 모두 묵살하였다.

그리고 그런 제2일신타워는 일신그룹의 자존심으로 우뚝 섰다.

제2일산타워 스카이라운지.

평소라면 서울 시내를 내려다보는 것 때문에 관광객으로 북적였을 테지만 오늘은 무슨 일인지 손님이 별로 없었다.

더욱이 손님도 특이하게 검은 양복을 입은 남자 몇 명만이 보일 뿐이었다.

"신 상, 그것은 가져왔나요?"

조금은 왜소해 보이는 남자가 약간은 어색한 말로 신영민에게 물었다.

그런 사내를 향해 신영민은 비굴한 표정으로 대답을 하였다.

"경계가 심해 아직 물건을 확보하지 못했습니다."

신영민의 말에 사내는 살짝 눈살을 찌푸렸다.

하지만 그는 금방 표정을 풀고 물었다.

"그럼 언제쯤 그것을 제가 받아 볼 수 있겠습니까?"

자신이 아직 구하지 못했다는 말에 화를 내기보단 살짝 인상만 찌푸리고 만 사내의 모습에 신영민이 속으로 깜짝 놀랐다.

자신이 알고 있는 눈앞에 있는 남자는 자신이 하려는 일이 계획대로 돌아가지 않았을 때 무척이나 신경질적이게 반응한다는 것을 잘 알고 있었다.

그럴 때면 그 일과 연관된 이들에게 무척이나 잔인해진다는 것 또한 알고 있었다.

미국에서 유학을 할 때 직접 겪어 보았기에 신영민은 눈앞의 남자를 두려워하기도 했다.

그런데 자신이 알던 것과 다른 반응이 나오자 신영민의 머릿속이 빠르게 돌아가기 시작했다.

'이자가 이럴 위인이 아닌데, 무슨 일이지? 설마 내가 생

각하는 것 이상으로 가치가 있는 것인가?'

신영민은 미쓰비 중공업의 협상가로 온 미야모토 류스케의 얼굴을 살짝 쳐다보며 궁리를 하기 시작했다.

덩치는 자신보다 왜소하지만 그의 눈을 보면 마치 뱀이 먹이를 노리는 것 같이 차갑고 시려 꼼짝을 할 수 없었다.

그래서 이렇게 직접 그의 눈을 보는 것이 아니라 슬쩍 전체적인 분위기를 보며 머리를 굴렸다.

처음 신영민은 자신의 배다른 형인 신원민이 담당하던 일신 컨소시엄의 자료를 넘기고 비자금을 조성하려 하였다.

그런데 생각보다 상대의 반응이 시원치 않았다.

하지만 그룹 회장인 아버지에게 큰소리를 쳐 놓은 것이 있었기에 어떻게든 협상을 마무리해야만 했다.

그러면서 신영민은 미쓰비에서 자신이 넘기려던 자료의 대부분을 가지고 있음을 알게 되었다.

8.
무너지는 일신

덜컹!

"김 실장 들어오라고 해!"

신영민은 조금 전 미나모토 류스케를 만나고 오자마자 비서실장인 김상문을 찾았다.

그가 호출한 지 몇 분 되지 않아 김상문이 들어왔다.

"부르셨습니까?"

신영민이 지시한 일을 처리하기 위해 외부에 나가 있던 김상문은 무엇 때문에 자신을 급히 찾는 것인지 의아했다.

현재 자신이 맡은 임무보다 더 급한 일이 어디 있겠는가.

김상문이 직원들도 모르게 하고 있던 일은 바로 노숙자 명의로 시중에 나와 있는 일신그룹의 주식을 사들이는 일이었다.

그것도 일신그룹의 지주 회사인 일신 투자증권의 주식을 확보하는 일이었다.

지금까지는 소액으로 분산해서 구입을 하고 있기에 아직까지는 여유가 있었지만 생각보다 노숙자 명의를 많이 확보하지 않아 신경을 많이 써야만 했다.

자칫 잘못하다가 그룹 대응팀에 포착이 된다면 자신으로서는 뒷감당을 하기 어려웠다.

현재 그룹 대응팀은 흔들리고 있는 주식을 방어하기 위해 촉각을 세우고 주식 동향을 살피고 있는 중이다.

그런데 이때 누군가 주식을 대량으로 사들인다면 당연 눈치챌 게 빤했다.

그러니 조금씩 소량으로 사들여 눈치를 채지 못하게 하는 것이 관건이다.

하지만 사람의 욕심이라는 것이 자제하기가 무척이나 어렵다.

아무리 주식의 달인이라고 해도 눈앞에 보이는 이득을 그냥 두고 보질 못하는 것이다.

그렇기 때문에 김상문이 지켜보며 감독을 하고 있었다.

그런 중요한 일을 하고 있는데 무엇 때문에 자신을 찾은 것인지 김상문도 무척이나 궁금해졌다.

"전에 그것 있지?"

"어떤 거 말씀이십니까?"

신영민은 급한 마음에 주어를 빼고 물어보았고, 그런 신영민의 질문에 김상문은 의아한 표정으로 대꾸를 하였다.

"미안, 컨소시엄에서 사들인 애물단지 말이야."

"아!"

김상문은 애물단지라는 말을 하자 그제야 신영민이 물어본 것의 정체를 알게 되었다.

"그게 어떻다는 말씀이십니까?"

자신도 잘 알고 있는 물건에 대하여 물어보는 신영민의 물음에 고개를 갸웃거리며 되물었다.

"그게 말이야…… 생각한 것보다 가치가 높은 것 같단 말이야……."

김상문은 신영민의 말에 눈을 깜박이며 할 말을 잊었다.

그거야 당연한 것인데, 지금 무슨 소리를 하는지 너무도 황당했다.

자신이 자세히 알고 있는 분야는 아니지만 플라즈마라는 것이 그 이름만 들어도 엄청 돈 들어갈 것 같은 이름이지 않은가.

그런데 그 플라즈미를 인위적으로 조작을 하여 방어막을 만들어 내는 장치인데 당연한 것 아닌가. 그러니 그룹에서도 1조라는 천문학적인 금액을 들여 구입을 한 것이 아니겠는가. 그것도 여당 원내총무까지 동원하면서 말이다.

다만 그 결과가 좋지 못해 지금에 와서는 애물단지가 된 것이지 그것의 가치는 자신도 정확한 가치를 책정하기 힘들 정도의 물건이었다.

"사장님."

"왜?"

"그건 당연한 것입니다. 세계 최초로 개발된 플라즈마 무기입니다. 미국도, 독일도 개발하지 못한 최첨단 무기입니다. 비록 저희 그룹에게야 애물단지 이지만, 미국이나 러시아, 중국과 협상을 한다면 그룹에서 들인 것 이상으로 벌어들일 수 있는 것입니다."

"그래!"

신영민은 김상문 비서실장의 말을 듣고 눈이 커졌다.

자신은 단순히 배다른 형인 신원민이 헛돈을 썼다고 생각했었다.

그런 걸 미쓰비 중공업의 미나모토 류스케가 원하는 것 같아 비싸게 팔 수 있을 것이란 생각에 김상문을 찾은 것인데, 생각하는 것 이상으로 엄청난 물건이란 것을 알게 되었다.

"그럼 그걸 팔려면 얼마나 받아야 할까?"

신영민은 플라즈마 실드 발생 장치의 가치가 높다는 것을 알게 되자 그것을 팔아먹을 궁리를 하게 되었다.

하지만 그런 신영민의 생각에 초를 치는 소리가 들려왔다.

"사장님, 절대로 그것에 손대선 안 됩니다."

"그게 무슨 소리야?"

"그것은 전략물자로 분류되어 외부로 유출할 수 없는 물건입니다. 더욱이 그것을 생산한 천하 컨소시엄도 그것을 생산하기 위해 별도의 자회사를 만들고도 따로 세일즈를 하지 않는 것으로 알고 있습니다."

"음……."

신영민은 김상문의 말에 신음을 흘렸다.

막 자신이 일신그룹의 회장이 되는 지름길을 발견해 기뻐했는데, 그럴 수 없다는 소리를 듣자 인상이 절로 구겨졌다.

"어떻게 방법이 없을까?"

신영민은 미련을 버릴 수가 없어 그에게 물었다.

하지만 들려온 대답은 그의 기대를 저버렸다.

"불가능합니다. 만약 아무도 몰래 판매를 했다고 해도, 나

중에 발각이 된다면 그건 단순히 벌금을 무는 정도로 끝나지 않습니다. 자칫 잘못했다가는 반역 행위로 국정원으로 끌려갈 수도 있습니다. 아니, 어쩌면 사형을 받을 수도 있는 문제입니다."

김상문은 감히 상상하기도 싫다는 듯 진저리를 치며 신영민을 말렸다.

물론 김상문이 극단적인 예를 들은 것이기는 하지만 실제로 그럴 수도 있는 문제였다.

국가 안보와 직접적 연관이 있어 나라에서 전략물자로 분류를 하여 외부 유출을 막는 품목에 관해서 아주 철두철미하게 감시를 하고 있었다.

아주 작은 기술이이라도 그것이 적성국가에 들어가면 위험하게 변할 수 있다. 그렇기에 국가에서 전략물자로 묶어 두는 경우가 있었다.

그런데 플라즈마 실드 발생 장치는 그런 정도를 넘어서, 단순 물자가 아니었다.

아직도 응용할 분야가 무척이나 많은 것이 바로 플라즈마 실드 발생 장치다.

그것에서 어떤 기술이 어떻게 응용될지는 아직 알 수가 없다.

단순하게 지금 육군에 납품하려는 신형전차처럼 외부의 공격을 막는 방패로 상용할 수도 있고, 방어막의 크기를 키워 해군 함정에 설치를 한다면 무적의 전투함이 완성되는 것이다.

그러니 단순하게 생각만 해도 이것을 잘못 처리하다가는 일신그룹이라도 무사하지 못할 것은 불을 보듯 빤했다.

그래서 김상문은 신영민이 엉뚱한 생각을 하지 못하게 못을 박았다.

이는 단순히 그룹 후계자 자리를, 아니, 회장의 자리를 노리는 것과는 다른 문제였다.

그룹 오너의 자리를 넘보다 실패를 하면 그냥 자리만 물러나면 끝나는 일이다.

물론 그 뒤 삶이 평탄하지는 않겠지만 그래도 목숨을 위협받지 않는다.

하지만 국가 전략물자인 플라즈마 실드 발생 장치는 달랐다.

외부 유출을 하다 걸리면 최소한이 평생 감옥에 썩는 것이고, 까딱 잘못하다가는 사형이었다.

더욱이 자신만 죽으면 상관이 없는데, 남은 가족들도 평생 간첩의 가족이란 멍에를 쓰고 살아가야 한다.

그러니 김상문으로서는 거품을 물고 신영민을 막았다.

"그렇게 위험한 것인가?"

신영민은 김상문의 만류에도 미련이 남는지 다시 한 번 물어보았다.

너무도 강력하게 반대하는 김상문 비서실장의 모습에 약간 두려움이 생기기는 했지만 그래도 일신그룹 회장이란 자리가 주는 유혹을 뿌리칠 수가 없었다.

사실 위험은 보이지 않는 그저 막연한 것이지만 일신그룹 회장의 자리는 자신이 조금만 노력하면 될 것도 같았기 때문이다.

"사장님! 지금 하는 일만 성공해도 사장님께서 꿈꾸시는 그룹 회장의 자리에 오르시는 것이 가능합니다. 그런데 굳이 모험을 하실 필요가 있겠습니까?"

거듭되는 상문의 만류에 신영민도 어쩔 수 없었다.

현재 자신이 믿고 일을 맡길 수 있는 사람은 현재 앞에 있는 김상문뿐이다.

자신이 사장으로 있는 일신제약이지만, 회사 내에 믿을 수 있는 이가 없었다.

아무리 자신이 사장으로 있기는 하지만 회사 내에 자신을 믿고 따르는 이가 그리 많지 않았다.

아니, 오히려 그룹 후계자로 오래전부터 자리를 굳히고 있는 이복형 신원님의 끄나풀이 언제 어디서 자신을 감시하고 있을지 알 수 없었다.

막말로 앞에 있는 김상문도 자신이 회장의 자리에 오르게 되면 지금의 자신이 앉은 일신제약 사장 자리를 약속했기에 넘어오지 않았는가.

오너 일가가 아니면서 계열사 사장의 자리에 앉는 일이 대한민국에서 불가능하다는 것을 김상문 또한 잘 알고 있기에 배를 갈아탄 것이다.

그러니 지금은 아무리 욕심이 나지만 김상문 비서실장의 이야기를 들어줘야만 했다.

"쩝!"

포기를 하려니 참으로 미련이 남았다.

"사장님, 아깝더라도 포기하실 것은 포기해야만 합니다. 독인 것을 알면서 그것을 먹을 필요는 없지 않겠습니까? 더욱이 저희를 주시하는 눈들이 주변에서 두 눈 시퍼렇게 뜨고 주시하고 있을 것인데 말입니다."

"알았어! 김 실장이 그렇게 이야기하는 대야…… 내 포기하지. 하지만 김 실장 말대로 그것이 아니더라도 내가 회장 자리에 오르는 건 제대로 진행이 되고 있는 거지?"

신영민은 거듭된 김상문의 만류를 수긍하며 조금 전 방법을 진행 중이라는 말에 그것에 관해 물었다.

"예, 조금 전까지도 함께 지켜보고 있었습니다."

"그래? 얼마나 모았어?"

자신이 지시한 주식 모집이 얼마나 되었는지 물었다.

이미 다른 방법이 쓸 수 없는 방법이란 것을 알게 되자 신영민은 그것에 대하여 포기를 하고 현재 진행 상황에 대하여 물었다.

"예, 현재 그룹의 지주 회사인 일신 투자증권과 일신 전자 그리고 일신 중공업의 주식을 나오는 대로 사들이고 있습니다."

김상문은 신영민의 지시로 외부에 사무실을 하나 마련하고 비밀리에 그룹의 핵심 산업 주식들을 모집한 노숙자 명의의 통장으로 주식을 매입하고 있었다.

"지주회사인 일신 투자증권의 주식은 50만 주, 전자 주식은 40만 주 그리고 중공업 주식은 100만 주 확보했습니다."

"뭐? 도대체 얼마까지 떨어졌기에 중공업 주식을 100만 주까지 매집할 수 있었던 거야?"

100만 주라는 말에 너무 놀란 신영민은 눈이 커질 수 있는 대로 커졌다.

말이 100만 주지 일신 중공업 전체 주식의 1/50이나 되는 어마어마한 숫자였다.

자신이 김상문에게 맡긴 자금이 비록 엄청나게 많기는 하지만 그 정도까지 되지는 않았다.

물론 아직 자신이 준비하려던 자금이 모두 수중에 들어온 것이 아니다. 일차로 전달한 자금으로 예상한 것 이상으로 매집을 했기에 놀란 것이다.

"이번 일신 컨소시엄 사업 실패가 생각보다 심각합니다. 더욱이 일신 중공업은 그 중심에 있는 기업이다 보니 더 하락폭이 심각했습니다."

"그렇단 말이지……!"

배다른 형인 신원민이 사장으로 있는 일신 중공업의 주식 시세가 예상보다 더 떨어졌다는 말에 신영민의 입가에 미소가 어렸다.

'이거 잘하면 신원민을 날려 버릴 수 있겠는데?'

아직 부족하긴 하지만 일신 중공업의 주식을 더 매집을 한다면 신원민을 사장 자리에서 물러나게 만들 수도 있을 것 같았다.

그러기 위해서 현재 진행되고 있는 미쓰비 중공업과 조속하게 협상을 마무리해야만 했다.

그래야 부족한 자금을 끌어올 수 있기 때문이다.

그런 생각이 들자 조금 전 수그러들었던 플라즈마 실드 발생 장치에 대한 욕심이 신영민의 가슴속에서 꿈틀거리기 시작했다.

비록 그것이 독이 든 독배이기는 하지만 유혹을 떨쳐 버리기가 힘들었다.

"거절합니다."

"아니, 그러지 마시고, 다시 한 번 생각해 주시기 바랍니다. 저희의 요구를 들어주신다면 저희도 최선을 다해 한국이 원하던 F—22를 구매할 수 있게 지원을 하겠습니다."

미국 육군에 M1A3를 납품하고 있는 레이온사의 존 그레엄 부사장은 천하 디펜스 회장실을 찾아와 애원을 하고 있었다.

한국이 세계 최초로 플라즈마 무기를 가지게 되었고, 그 무기를 실용화에도 성공을 했다는 뉴스가 나가자마자 이렇게 한국까지 날아와 천하 디펜스 회장 정명환에게 구매 요청을 하였다.

하지만 정명환은 그의 요청을 거부하였다.

자신이 팔고 싶다고 해서 그것을 마음대로 판매를 할 수 있는 물건이 아니기 때문이었다.

사실 정명환이야 물건을 많이 팔 수만 있다면 얼마나 좋겠는가. 그렇지만 국가에서 전략물자로 묶어 두었기에 정부 외에는 판매를 할 수가 없었다.

물론 어떻게 보면 무척이나 부당한 듯 보이지만 방위산업에서는 어쩔 수 없는 일이다.

그렇기에 방위산업에 들어가는 물자들의 가격이 일반 시중에 돌고 있는 비슷한 상품들에 비해 가격이 비싼 것이다.

일반 자동차와 군용 자동차의 가격을 비교해 보면 그 차이를 여실히 알 수 있었다.

더욱이 일반 자동차가 성능면에서 군용 차량보다 월등한데도 군용 차량의 가격이 더 비쌌다.

그건 군에서 사용하는 물자는 규격이란 것이 있어 일반 시중과 다르기 때문이다.

그 때문에 군에서 정한 규격 외의 물품을 취급을 할 수도 없고, 또 들어가서도 안 되기에 비싼 것이다.

물론 군납 비리로 가격을 몇 배로 부풀린 경우는 예외이지만 말이다.

아무튼 정명환으로서는 자신의 회사에서 생산하는 제품을 사 주겠다고 찾아온 손님이기는 하나, 골치 아픈 손님이기도 했다.

“모두 작전 중지!”

장현은 방으로 들어오며 출동을 하기 위해 대기를 하고 있던 부하들을 보며 그렇게 말을 하였다.

“대장! 이번에는 또 무슨 일 때문에 출동이 중지된 것입니까?”

벌써 몇 번째 작전에 투입되기 전에 작전이 중지된 것인지 짜증이 난 등소린이 불만 섞인 질문을 하였다.

그도 그럴 것이, 이번 작전만 완료되면 새 신분증을 받고 새로운 보금자리도 보상으로 받기로 되어 있었다.

그런데 작전에 들어가기 직전에 또 계획이 변경이 된 것인지 중단이 되었다.

책상 앞에 앉아 계획만 세우는 놈들은 현장에 투입되는 현장요원들이 작전에 투입되기 전 얼마나 스트레스를 받는지 생각지 않는다.

보통 특수부대가 작전에 들어가면 한 가지 계획만 세우는 것이 아니라 작전이 실패했을 때, 또는 현지 여건이 작전과 맞지 않을 때를 감안해 두세 가지 차선책과 그 차선책까지 세우는 게 정상이다.

그런데 국안부 작전 계획과는 그런 것을 감안하지 않고 그냥 무식하게 작전을 한 가지만 세우고 성공을 하길 바란다.

그러니 이렇게 현장에 있는 흑검대원들은 작전 성공과 자신들의 생존을 위해 최대한 주변 정보를 획득해 현장에서 계획을 수립을 한다.

그러다 보니 작전 하나를 세울 때마다 피를 말리는 스트레스가 장난이 아니었다.

그런데 또 작전이 중단이 되었다.

등소린은 이젠 새 신분이나 지상천국이라는 신천지의 새집도 필요 없었다.

외국에 작전을 나왔다고 하지만 신분이 들키지 않기 위해 안가에서 장시간 대기를 하고 있는 것도 고역이었다.

안가가 위치한 곳은 중국인들이 많이 거주하는 안산이었다.

공단이 많아 중국인 노동자들은 물론이고 동남아에서 온 외국인 근로자들도 많았다.

그러니 자신들이 밖에 돌아다닌다 해도 들킬 염려도 없었다.

그렇지만 일이 일인 만큼 조금의 빈틈도 용납할 수 없는 중요한 작전에 투입이 되는데, 방심을 할 수 없어 대장인 장현이 작전이 끝날 때까지 외부활동을 금지시켰다.

언제 상부에서 작전 명령이 떨어질지 모른다는 이유에서 그런 조치를 취한 것이다.

이런 일은 작전에 투입되기 전 으레 있던 일이라 모두 참고 있기는 하지만 반복되는 작전 중지 명령에 인내심은 바닥나 버렸다.

"연구원을 납치하는 것보단 조금 더 안전한 방법이 나왔기에 일단 작전을 중지시켰다."

장현은 번복되는 작전 명령과 중지 명령에 인내심이 바닥난 부하들을 보며 그 배경을 설명하였다.

"그게 무슨 소립니까?"

등소린은 그건 또 무슨 소리냐는 듯 물었다.

그런 등소린의 질문에 장현은 대사관에서 들어온 정보를 대원들에게 들려주었다.

"너희도 우리가 확보해야 할 물건이 어떤 것인지는 숙지하고 있겠지?"

"그야 당연한 것 아닙니까? 천하 컨소시엄이라는 한국 기업이 세계 최초로 개발한 플라즈마 실드 발생 장치 아닙니까?"

등소린은 대장의 질문에 바로 대답을 하였다.

"그렇다. 그런데 그 물건은 한국 정부가 너무도 철저히 지키고 있어 쉽게 빼돌릴 수 없었는데, 마침 천하 컨소시엄이 아닌 제2의 지점에 다량의 플라즈마 실드 발생 장치가 있다는 것을 알아냈다."

"그게 어딥니까?"

등소린은 장현의 말에 눈이 커져 물었다.

그런 등소린의 질문에 장현은 바로 대답을 하지 않고 들고 있던 무언가를 부하들 앞에 내밀었다.

장현이 내놓은 것을 들여다보던 흑검대원들의 눈이 반짝였다.

대장이 내놓은 것은 바로 얼마 전 떠들썩했던 일신그룹이 로비를 통해 재평가를 했던 신형전차 선발에 대한 기사였다.

그 기사에 일신 컨소시엄이 공정한 평가를 위해 천하 컨소시엄에서 200기의 플라즈마 실드 발생 장치를 구입했다는 기사였다.

전차의 성능 외적인 장치로 인한 평가 때문에 차세대 주력전차 선정에서 탈락하는 것은 억울하다는 내용과, 그 때문에 공정한 심사를 위해 자신들이 개발한 전차에도 천하 컨소시엄이 장착한 플라즈마 실드 발생 장치를 장착하고 평가를 받아야 한다는 억지가 그대로 나와 있었다.

억지를 잘 쓰는 중국인이지만 자신들이 봐도 참으로 억지스러운 기사였다.

그런데 그 기사를 보자 흑검 대원들은 대장인 장현이 하는 말의 진의를 깨달았다.

"대장! 그럼 우리의 목표가 천하 컨소시엄의 연구소와 연구원들이 아니라, 일신 컨소시엄으로 변경이 된 것입니까?"

대원 중 한 명이 그렇게 물었다.

"그렇다. 정보원들에게 들어오는 정보에 의하면, 이미 천하 컨소시엄은 대한민국 정부에 의해 연구원들은 물론이고, 연구소까지 철저히 보호가 되어 있어 아무리 우리라지만 쉽게 연구소에 침투를 하여 연구원이나 물건을 가져오기 불가능하다는 정보다. 그렇지만 이곳……."

장현은 말을 하다 말고 신문기사를 손가락질하며 말했다.

"일신 컨소시엄의 시설은 다르다. 자체적으로 경비인력이 있지만, 이미 한국의 특수부대원들이 자리를 잡은 천하 컨소시엄의 연구소보다는 방비가 허술하다."

장현의 말에 대원들의 눈이 반짝였다.

그들도 천하 컨소시엄의 경비가 군 특수부대가 파견되어 있다는 정보를 들었다.

천하 컨소시엄 연구소는 이들이 알고 있는 것처럼, 천하 컨소시엄에서 개발한 전차가 K—3백호라는 정식 제식명을 부여받으면서 생산 시설을 보호하기 위해 육군 특수부대가 경비부대로 파견되었다.

그러한 사실은 이미 정보원들에 의해 파악이 되어 그 배치도까지 완벽하게 숙지하고 있었다.

하지만 한국 특수부대의 능력을 잘 알고 있는 흑검 대원들은 솔직히 연구소에 침투하여 연구원을 납치하거나 자신들이 목표로 하는 물건을 탈취하는 것이 결코 쉽지 않다는 것을 잘 알고 있었다.

이 자리에 있는 흑검 대원들은 외부 작전에 투입되면서 한두 차례 한국의 특수부대와 조우한 적이 있었다.

때로는 협력을 하기도 하고, 어떤 때는 적대적으로 대적을 하기도 했다.

협력할 때는 그렇게 든든한 동지였지만, 막상 적으로 맞닥뜨렸을 때는 그렇게 독종들이 없을 정도로 이가 갈렸다.

많은 작전을 하였지만 한국의 특수부대와 대결을 할 때 가장 많은 피해를 입었다.

차라리 실력 차이가 많이 나기라도 하면 피하기라도 할 것인데, 그렇지 않고 분명 약간이지만, 자신들이 우위에 있음을 느낄 수 있었다.

하지만 막상 대결을 하다 보면 마치 끝을 알 수 없는 수렁에 발을 담근 것처럼 피해가 누적이 되는 것이었다.

그 때문에 차라리 미국의 특수부대와 대결을 하는 것이 나으리란 말이 나올 정도다.

악귀처럼 물고 늘어지기에 작전에 성공을 하더라도 피해가 너무도 커 이득이 별로 없었다.

그러니 대장인 장현이 가져온 작전 중지란 말에 짜증을 냈던 것도 잊고 입가에 미소가 어렸다.

그건 이들 흑검 대원들이 인식하지 못하는 상태에서 자신도 모르게 반응한 것이다.

그만큼 한국의 특수부대와 대결을 한다는 것은 피곤한 일인데, 대결을 하지 않아도 된다는 생각에 본능적인 반응을 하였다.

그런 부하들의 모습을 본 장현도 솔직히 부하들과 비슷한 생각이었다.

그렇지 않았다면 작전 중단을 명령한 이번 상부의 명령에

본인이 먼저 반발을 했을 것이다.

그렇지만 내용을 들은 장현은 바로 수긍을 하였다.

비록 자신들이 세계 최고의 특수부대라 자부하기는 하지만 피곤한 것은 피곤한 것이다.

더욱이 잦은 작전 중단으로 스트레스가 정점을 찍고 있는 현 시점에서는 더욱 그렇다.

"아직 물건이 있는 정확한 지점을 정보원들이 파악하지 못했다고 하니, 일단 다음 명령이 있을 때까지 대기를 하기 바란다."

장현은 부하들에게 명령이 있을 때까지 대기를 하라는 명령을 내렸다.

"대장! 아직 위치 파악도 되지 않았다면 아직 시일이 좀 걸릴 것 같은데, 오늘 하루만이라도 좀 풀어 주십시오. 이러다 돌아 버리겠습니다."

등소린은 대기하라는 장현의 명령에 작은 투정을 하였다.

그런 등소린의 투정에 장현은 잠시 인상을 찡그리기는 했지만, 자신도 그동안 작전 명령과 중단을 번복하는 과정에서 스트레스가 많았기에 허락할 수밖에 없었다.

괜히 더 이 상태를 유지했다가는 정작 작전에 들어가서 문제가 일어날 수도 있었기 때문이다.

"알았다, 오늘 하루만이다. 단 외부로 나가는 것은 안 된다."

"에이, 그렇지 말고 오늘 하루 만인데, 좀 풀어 줘요."

깐깐한 대장의 조건부 허락이 떨어지자 등소린은 조금만 더 허용해 주길 은근하게 요구하였다.

솔직히 한국에 들어와 오랜 기간 있으면서 대기를 하다 보니 여자 생각이 간절했다.

그리고 그건 등소린 혼자만이 아니라 다른 흑검 대원들도 마찬가지다.

작전에 들어가기 전 신경을 예리하게 벼려 두었는데, 그것이 중단되고, 또 다시 명령이 떨어져 신경을 갈고 닦았는데, 번복이 되면서 이들은 정신적으로 많이 지쳐 있었다.

이런 식으로 시간이 더 흐른다면 대원들은 무력감에 빠질 수도 있었다.

그러니 어떻게든 이런 정신적 스트레스를 풀어야 했다.

더욱이 언제 또다시 작전에 들어갈지 모르는 상태가 아닌가.

그러니 빠른 시간에 스트레스를 풀고 다시 정신을 가다듬어야 한다.

그리고 이런 정신적 피로를 푸는 방법으로 여자를 안는 것은 무척이나 좋았다.

여자의 몸을 안음으로써 정신적 안정과 자신의 자존감을 회복할 수 있었다.

"좋다. 단 여자를 부르더라도 너희가 나가지 말고 여기로 불러."

장현은 부하들의 요구에 어쩔 수 없이 승낙을 하였지만, 마지막 마지노선은 지키길 명령했다.

즉, 여자를 찾아 밖으로 나가면 생각지 않은 문제가 발생할 수도 있으니, 차라리 콜걸을 안가로 부르라는 소리였다.

"호아!"

"대장! 감사합니다."

대원들은 여자까지 허락을 하자 환호성을 질렀다.

때를 써 보기는 했지만 정말로 들어줄지는 예상 밖이었던 것이다.

들어주면 좋고, 여자 생각이 간절하지만, 안 들어줘도 어차피 술은 허락했으니 진탕 마시고 취하면 되는 일이었다.

그런데 생각지 못하게 쉽게 허락을 하니 무척이나 기뻤다.

특히 한국 여자들의 몸은 중국 여자들과는 또 달랐다.

부하들이 좋아하는 모습을 뒤로하고 장현은 방을 나왔다.

그는 그대로 작전이 중단이 되었지만 준비할 것이 있기 때문이다.

◈ ◈ ◈

"어떻게 되었습니까?"

주한 미국대사인 제럴드 박은 은근한 목소리로 천하 디펜스의 정명한 회장을 만나고 온 존 그레엄에게 물었다.

레이온사의 부사장인 그가 이곳 대사관을 찾은 것은 대사의 도움을 청하기 위해서인데, 정작 그가 자신에게 물어 오자 인상이 구겨졌다.

"음, 말도 붙여 보기 전에 거절하더군요. 저희가 그것을 습득할 수 있게 대사님이 좀 도와주십시오."

존 그레엄은 제럴드 박의 눈을 쳐다보며 그렇게 말을 하였다.

사실 대사 정도면 아무리 미국의 군수산업의 수위에 들어가는 레이온사의 부사장이라도 함부로 할 수 있는 자리가 아니다.

하지만 제럴드 박의 출신이 한국계라는 것이 약점이 되어 무시를 받고 있었다.

지금도 그런 연장선상에서 아직까지 미국의 힘이 한국에는 미칠 것이란 생각에 존 그레엄 부사장은 압박을 하듯 그의 눈을 쳐다보며 부탁을 하였다.

하지만 이런 존 그레엄의 모습에 제럴드 박은 은근한 압박을 받았다.

그 자신이 한국 출신이란 것을 약점이라 생각하고 철저히 미국인이 되기 위해 한국과 관련된 문제가 나오면 철저히 미국의 이익에 입각해 판단을 하였다.

그러다 보니 정관계 인사들은 제럴드 박을 대할 때면 으레 그렇게 대우를 해 주었다.

그 자신이 자신을 못났다고 생각을 하는데, 굳이 자신들이 대우를 해 줄 필요가 없는 것이다.

"음……."

제럴드 박 대사는 존 그레엄 부사장의 말에 저절로 신음이 터져 나왔다.

그도 그럴 것이, 무엇 때문인지 이번 대통령은 자신의 이번 한국의 신형전차에 들어가는 장치에 대하여 협조 요청을 해도 들어주지 않았기 때문이다.

그냥 가져가겠다는 것도 아니고 동맹의 안보 차원에서 협조를 부탁해도 전략물자라는 말로 일축을 하였다.

그 모습에 고함을 지르고 싶었지만 어떻게든 물건을 확보하라는 백악관의 지시에 억지로 참고 자리를 나왔었다.

그런데 레이온사의 부사장은 그런 속사정도 모르고 자신이 큰 힘을 발휘할 수 있을 것처럼 말을 하며 도와달라고 했다.

분명 말은 도와달라고 하는 것이지만 그 속뜻은 어서 한국 정부에 달려가 압력을 행사해 자신의 일을 성사시키라는 명령과도 같은 것이었다.

속으로 굴욕감을 느끼면서도 정치적 기반이 약한 자신의 처지를 알고 있기에 침묵을 할 뿐이었다.

레이온사의 로비력은 아무리 대사의 자리에 있는 자신이라고 해도 넘을 수가 없었기 때문이다.

미국 정계를 좌우할 수 있는 힘 중 하나인 군수복합체의 정상에 있는 기업이 바로 레이온사다.

지상무기는 물론이고 해군, 공군뿐 아니라 우주군에도 납품을 하는 기업. 미국 군수품의 1/10이라는 어마어마한 부문에서 관여하고 있는 기업이 바로 레이온사다.

그런 거대 기업의 부사장이 노려보고 있으니 저절로 기가 죽었다.

“제가 그러지 않았습니까? 아무리 우리에게 꼬리를 흔드는 한국이지만, 이번 정권은 쉽게 봐선 안 된다고…….”

대사와 존 그레엄 부사장이 있는 자리에 함께하고 있던 CIA한국 지부장인 도널드 더크 지부장이 말하였다.

"예전 정권과 다르게 그래도 머리가 있는지 물건의 가치를 알아보고 가치를 높이려는 것입니다."

"그렇다고 손을 놓고 있을 수는 없는 일 아닙니까? 이런 아이템이 자칫 중국이나 러시아의 손에 들어가게 된다면…… 어휴!"

존 그레엄은 말을 하다 말고 무언가 상상을 했는지 한숨을 쉬며 고개를 절래절래 흔들었다.

마치 상상하기도 싫다는 듯 행동하였다.

그런 존 그레엄 부사장의 모습에 제럴드 박 대사는 아무런 말을 하지 않고 인상을 썼다.

그리고 그런 제럴드 박의 모습을 옆에서 지켜보는 도널드 지부장의 표정은 알듯 모를듯 애매한 표정이었다.

"그래서 그런데……."

잠시 침묵이 흐른 뒤 갑자기 도널드 지부장이 은근하게 입을 열었다.

모두의 시선이 자신에게 집중이 되자 살짝 미소를 지은 도널드 지부장은 자신이 하고자 하는 말을 이었다.

"들어온 정보에 의하면 천하 컨소시엄 말고, 일신 컨소시엄에도 그 물건이 200개 가량 있다고 하던데, 차라리 그것을 확보하는 것이 어떻겠습니까?"

"아! 맞아!"

제럴드 박은 도널드 지부장의 이야기를 듣고서야 그 생각이 났다.

일신 컨소시엄 대표인 신원민이 여당의 힘을 빌려 한국의 주력전차 선정을 무효화하며 재심사를 한 사실이 기억났다.

그가 본 기사에 보면 일신 컨소시엄은 1조 원이나 되는 엄청난 자금을 들여 200개의 플라즈마 실드 발생 장치를 천하 컨소시엄으로부터 사들였다.

하지만 재심사에 떨어지면서 천문학적인 자금을 들여 구매했던 플라즈마 실드 발생 장치는 처치 곤란의 애물단지로 전락하면서 경영에 곤란을 겪고 있다는 뉴스를 보았다.

과유불급(過猶不及), 과한 욕심은 화를 가져온다는 말처럼, 일신그룹은 신원민 사장의 욕심으로 인해 써먹지도 못할 애물단지를 1조 원이나 들여 구입을 하였다.

자국의 신형전차에만 사용할 수 있는 물건을 욕심을 부려 구입을 하였다가 낭패를 본 것이다.

그런데 그것이 자신들에게 이익이 될 수도 있다는 생각이 도널드 지부장의 이야기를 듣자 생각이 난 것이다.

"그렇지, 그것을 우리가 확보하면 되는 거야!"

미국의 기술력이라면 천하 컨소시엄에서 개발한 플라즈마

실드 발생 장치를 분해해 그 원리를 알아낼 수 있을 것이다.

"그런 것이 있었습니까?"

존 그레엄 부사장은 도널드 지부장과 제럴드 대사의 이야기 중에 무언가 눈치채고 끼어들어 물었다.

그런 그레엄 부사장의 질문에 제럴드 대사가 대답을 하였다.

"그렇습니다."

제럴드 대사는 존 그레엄에게 한국에서 있었던 차세대 주력전차 개발과 선정 과정에서 벌어진 어처구니없던 사건에 대하여 이야기를 들려주었다. 그리고 그 과정에서 일신 컨소시엄이 사들인 플라즈마 실드 발생 장치에 대한 이야기를 들려주었다.

"참으로 어처구니가 없군요."

존 그레엄은 이야기를 듣고는 어처구니가 없다는 생각이 들었다.

국민의 대표라는 국회의원들이 어떻게 그런 억지를 들어줄 수 있는지 이해가 가질 않았다.

그러면서 언젠가 들었던 한국이라 나라에 대한 이야기가 생각이 났다.

AMAZING KOREA!

뜻풀이 그대로 하면 놀라운 한국이란 뜻이다.

하지만 미국인들이 생각하는 뜻은 그런 것이 아니었다.

고대로부터 현대까지 소수의 천재들, 철인들이 다수의 평범한 이들을 이끌어 왔다.

그랬기에 작은 소란은 있었어도 사회가 돌아가는 것이다.

그것은 국가도 마찬가지다. 2차 대전을 일으켰던 독일이나 일본 그리고 이탈리아는 광기에 찬 전쟁광을 자신들의 지도자로 만들고 그 결과 패전국이란 멍에를 쓰고 오랜 침체기를 겪었다.

그런데 2차 대전 직후 일본의 식민통치에서 벗어난 한국은 얼마 뒤 6.25라는 동족상잔의 비극을 겪었다.

그 폐허 속에서 한강의 기적을 일으키며 처음 어메이징 코리아라는 감탄사를 받았다.

하지만 그것도 잠시 부정부패가 만연하면서 한강의 기적을 일으켰던 기적의 한국인들은 또다시 똑같은 말을 듣게 되었다.

하지만 이때는 그 뜻이 정반대의 의미를 가지게 되었는데, 그것은 국가 최 상위 기득권의 부패가 그 어느 나라보다 높은 수준인데도 놀랍게도 나라가 온전하게 돌아간다는 것에 대한 놀라움이었다.

나라 지도부가 그 정도로 부패와 부조리가 만연하면 정상적인 국가라면 진즉에 국가가 무너지고 난민이 발생하는 것이 정상인데 한국은 그렇지 않았다.

존 그레엄 부사장은 말로만 듣던 것을 다시 한 번 현장에서 들으니 어처구니가 없었다.

하지만 그것이 자신에게 이익이 된다면 그건 좋은 일이었다.

놀라운 것은 놀라운 것이고, 자신의 이익은 이익인 것이다.

"대사님! 그래서 그런데 마커스 팀의 투입을 허락해 주시기 바랍니다."

도널드 지부장은 한국 국정원의 수작으로 천하 컨소시엄의 연구원들을 중국 특수부대인 흑검들에게서 지키기 위해 불러들인 CIA처리반인 마커스의 팀을 한국에서 운영하는 것에 대한 허가를 요청하였다.

그동안 자신이 몇 수 아래로 평가하던 한국의 국정원에 당했다는 것에 벼르고 있던 것을 이번 기회에 되갚아 주려는 것이다.

일반 요원 같으면 극동아시아의 정보를 책임지는 자신의 권한으로 임의로 운영이 가능하지만, 마커스 팀은 자신이 처리하기에는 권한 밖의 일이었다.

마커스의 팀을 운영하기 위해선 자신보다 위의 권한을 가진 사람의 승낙이 필요한데, 한국에선 그 사람이 바로 제럴드 박 대사였던 것이다.

그의 허락이 있어야만 한국에서 활동에 마커스 팀과 같은 특수부대가 활동하는 것에 정보를 차단할 수 있었다.

대사가 허락을 하는 것은 모두 미국의 공적인 일이 되기 때문이다.

그러니 잘못되어도 극동지부장인 자신이 책임지지 않는다는 보험을 두고 작전에 들어갈 수 있었다.

〈『그레이트 코리아』 제7권에서 계속〉

http://www.bbulmedia.com

http://www.bbulmedia.com